Liaison

Ralph Hester
Stanford University

Gail Wade
University of California, Santa Cruz

Gérard Jian
University of California, Berkeley

Cahier d'activités

Exercices écrits
Exercices de laboratoire
Pratique

HOUGHTON MIFFLIN COMPANY   BOSTON
Dallas   Geneva, Illinois   Palo Alto   Princeton, New Jersey

Credits

Cover image by Alan Peckolick. **Photos:** Giraudon/Art Resource. **Illustrations** by George Thompson, Timothy C. Jones. **Electronic simulated realia** by Jay Blake. **Tape program music** composed and arranged by Michael Moss of Soundscape.

Senior Sponsoring Editor: F. Isabel Campoy-Coronado
Senior Development Editor: Katherine Gilbert
Project Editor: Amy Lawler
Electronic Production Specialist: Claire Hollenbeck
Senior Production Coordinator: Renée LeVerrier
Senior Manufacturing Coordinator: Marie Barnes
Marketing Manager: George Kane

Printed in the U.S.A.

ISBN: 0–395–59188–0
Library of Congress Catalog Card Number: 91–71988

BCDEFGHIJ-PO–99876543

Table de matiéres

Introduction

This Workbook/Lab Manual *Cahier d'exercices)* accompanies the *Liaison* textbook. Each of the lessons in *Liaison* has a corresponding lesson here that contains both written activities and listening comprehension activities. In addition, the *Cahier d'exercices* also contains two extra sections that teach and practice skills important to your mastery of written French and a *Pratique* section for extra practice on discrete points.

The Lessons

Written Exercises *(Exercices écrits):* The written exercises are mostly "open-ended" writing activities designed to give you practice in performing the function of the lesson by using structures you have learned. Realistic writing situations, such as letters, articles, messages, advertisements, etc. ask you to use your imagination, putting yourself into the situation in order to think of the most realistic, sensible, amusing or helpful things to say. You will discover that you can enjoy drawing on your own everyday life and personal experience to help you write these activities.

Each of the written exercise lessons is divided into sections that correspond to the divisions of the *Structures* section of the textbook.

Listening Exercises *(Exercices de laboratoire).* The goal of the laboratory program is to improve listening comprehension skills. For each lesson, you will mark or write your answers to these exercises on pages that directly follow the written exercises. A preliminary lesson will help you begin to learn how to listen for maximum understanding. Then, throughout the program, practice in listening to French that is not entirely familiar will help you learn to listen for what you actually can understand and also to listen for overall meaning and main ideas. In other words, you will learn to concentrate on what you already *do* understand in order to infer from what, at first, you do not understand.

Each of the ten lessons begins with a recording of the opening dialogue from the text and a simple comprehension activity. This is followed by two short, original listening comprehension texts, sometimes containing themes, situations, or formats found in the textbook's reading selections, and each containing numerous examples of the vocabulary and functional structures that have been studied in the lesson. For each comprehension text, you are given a listening goal before you begin and, after listening, you answer short comprehension questions. Next is a short dictation activity to sharpen your listening and writing skills. The laboratory lesson ends with a recorded version of one of the reading selections from the textbook lesson.

"Special Skills" Sections

Two *Special Skills* sections are intended to help you acquire important skills essential to the mastery of written French (writing a letter and writing an essay). In each case, an explanation of the fundamentals is accompanied by ample opportunity for you to practice them in the activities. *Comment écrire une lettre* appears before Lesson 1, and *Comment écrire un essai* follows Lesson 4.

Pratique

For those who desire written exercises on discrete grammar points, there is, at the end of Lesson 10, a *Pratique* section devoted entirely to practicing specifics such as verb formation, pronoun use, and word order. These exercises can be done at any point in the program. Your instructor may assign them to your class as you reach a section he or she wishes to stress, or you may simply be asked to do them for individual practice if you need it.

NOM ______________________________ DATE ______________

Comment écrire une lettre

En France une distinction très nette existe entre la lettre personnelle et la lettre officielle ou commerciale. Nous allons voir d'abord la lettre personnelle (et la carte postale) et ensuite la lettre officielle ou commerciale. Remarquez que ces observations ne sont pas des règles absolues mais varient en fonction de l'origine sociale, du style ou de la personnalité de chacun.

Lettre personnelle

Boston, 6 juin 1992

Cher ami,

De retour dans mon pays, je pense à vous et tiens à vous remercier chaleureusment pour tout ce que vous avez fait pour moi lors de mon sejour en France.

J'ai été très sensible à toutes vos marques d'amitié et souhaite avoir l'occasion de vous accueillir ici très bientôt. J'ai reçu un mot de Sylvie qui me charge de vous transmettre son bon souvenir. Nous voudrions bien retourner en France l'été prochain et avoir la joie de vous revoir. Encore une fois, merci!

Amitiés,

Paul

Paul Lambert
18 Greenfield Terrace
Boston, MA 02115
U.S.A.

Monsieur Jules DUPRES
25 rue du Château
30000 NIMES
FRANCE

A. Lieu et date

1. On donne le nom du lieu d'où on écrit devant la date ou au-dessus de la date.
2. La plupart du temps on indique simplement le jour de la semaine suivi de la date du mois, sans préciser l'année. Le jour précède toujours le mois, sans virgule. Le nom du mois commence par une lettre minuscule.
3. On peut écrire la date en chiffres.
   10.12.92 (= le 10 décembre 1992)
4. Quand on écrit la date entière en commençant par l'article **le** ou si on désigne le lieu par la préposition **à**, la lettre prend aussitôt un air sérieux.

   Lyon, jeudi 2 juin
   Villa des Mimosas, vendredi 3 mars
   Château de la Motte, lundi 1er janvier

   à Lyon, le 2 juin 1992
   à la Villa des Mimosas, le 3 mars 1993
   au Château de la Motte, le 1er janvier 1994
5. Entre personnes qui s'écrivent assez souvent (amis, membres de la même famille), on peut omettre le lieu et même la date en indiquant seulement le jour (**mercredi**, **samedi**, etc.).

B. Appellation

1. Les appellations normales sont **Cher (Chère, Chers, Chères)** + nom(s):
   Chers amis
   Cher cousin
   Cher Eric
   Chère Françoise
   Chers Pierre et Jacqueline
   Chers Monsieur et Madame
   Cher Monsieur, Chère Madame
   a. L'emploi du prénom est réservé aux amis très proches. Pour une personne que vous connaissez mais qui n'est pas un(e) ami(e) intime, continuez à utiliser **Cher Monsieur**, etc., ou bien **Cher ami.**
   b. Quand on s'adresse à une personne assez proche (ami ou amie intimes, membres de la même famille), on peut aussi employer **mon (ma, mes)** ou les adverbes **très** ou **bien** devant **cher**.
   Mon cher ami (Très cher ami)
   Mes chers enfants (Très chers enfants)
   Mon cher François (Bien cher François)
   Ma chère Marie-Laure
2. Place de l'appellation
   a. L'appellation peut s'écrire avec la même marge que la première phrase de la lettre ou à distance égale entre les deux marges.
   b. On peut laisser un espace de deux à quatre lignes entre l'appellation et le premier paragraphe.
   c. Certains Français commencent une lettre à un tiers du haut de la page.

NOM ______________________________ DATE ______________

C. Formule finale

1. Entre deux personnes qui se connaissent bien, on peut employer **Cordialement, Amicalement, Très amicalement** ou **Amitiés.**
2. Entre correspondants encore plus proches ou entre membres de la même famille, il y a plusieurs formules: **En toute amitié, Affectueusement, Je t'embrasse (Je vous embrasse), Bises,** ou **Grosses bises.**
   Attention: On ne termine jamais une lettre uniquement avec le mot *amour.*

D. Signature

Dans la lettre personnelle, on signe généralement son prénom.

Dominique

E. Enveloppe

1. Le nom de famille du destinataire s'écrit souvent en lettres majuscules.
   Monsieur René RIND
   Madame Annie POIGNANT
   Monsieur et Madame Léon JIAN
2. Il y a généralement une virgule après le numéro de la rue.
   44, rue du bois de Boulogne
3. Le code postal précède toujours la ville. La ville est quelquefois soulignée ou bien est écrite en lettres majuscules.
   75007 Paris
   13012 MARSEILLE
4. D'autres indications utiles:
   a. Si on ne connaît pas l'adresse du destinataire, on peut envoyer une lettre à une autre personne et lui demander de la transmettre en employant la formule **Aux bons soins de.**
      Madame Paul HENRI
      Aux bons soins de Madame Henriette LECLERQ
      7, rue de l'Église
      33000 BORDEAUX
   b. Si son correspondant habite chez une autre personne, on emploie **chez.**
      Madame Germaine Garnier
      chez Madame Sylvie Christophe
   c. Si le destinataire a déménagé récemment sans vous informer de sa nouvelle adresse, on écrit **Prière de faire suivre** ou **Faire suivre** sur l'enveloppe.
   d. A l'intérieur des pays francophones européens la désignation **PAR AVION** est peu utilisée puisque peu nécessaire (le courrier transporté par le train est aussi rapide). Entre continents il est utile, au contraire, de l'indiquer et de mettre les timbres-poste nécessaires.
   e. Il existe aussi toutes sortes d'autres désignations, par exemple, **exprès, livraison à domicile** ("special delivery"), etc.

Activité

1. Ecrivez une lettre à un(e) ami(e) pour le (la) remercier de vous avoir aidé(e) à vous inscrire à l'université de Montréal.

(lieu et date)

(formule finale)

(signature)

NOM ______________________________ DATE ______________

Carte postale

Grosses bises de Beijing!

Gerard

Monsieur Arnaud Killy
52 Promenade des Anglais
06001 NICE
FRANCE

A. Lieu, date, appellation, formule finale et adresse

L'emploi de ces éléments ne diffère guère de leur emploi dans les lettres personnelles, sauf que l'omission de l'appellation est plus fréquente.

B. Contenu

1. La carte postale peut être extrèmement brève.
   Souvenirs du Vatican!
2. Le message est souvent rédigé dans un «style télégraphique»: c'est-à-dire, composé de phrases incomplètes.
   Avons visité la Muraille de Chine sous un ciel radieux. Admirables, les explications des guides chinois (dans un français impeccable!). Déçus, au contraire, par la façon dense dont les objets sont exposés dans les musées.

Activité

2. Voici une carte postale. Envoyez-la à un(e) ami(e) à Lyon.

Lettre officielle ou commerciale

Jean-Michel Lecomte   le 12 octobre 1992
45, avenue Charles de Gaulle
78001 Versailles

Librairie JACQUEMARD
12, rue de la Récolte
75003 Paris

Monsieur,

Ayant trouvé votre annonce dans un numéro récent du Magazine Littéraire, je me permets de vous demander de me procurer un exemplaire de la deuxième édition de Forêts d'automne (éditions Defer, 1974) de Sylvestre Deschamps.

Je vous demande également de bien vouloir me l'expédier à mon adresse indiquée ci-dessus et de me préciser si je peux régler par chèque bancaire ou si je dois vous envoyer un mandat.

En vous remerciant d'avance, je vous prie, Monsieur, d'agréer l'expression de mes sentiments distingués.

A. Date

On écrit la date entière sans indiquer le jour de la semaine.

B. Expéditeur et destinataire

1. Le nom et l'adresse de l'expéditeur se trouvent le plus souvent à gauche, et sont indiqués à la même hauteur que la date.
2. Le titre et l'adresse du destinataire se placent généralement à droite, quelques lignes en dessous de la date.
3. Dans toutes lettres officielles (organisme gouvernemental ou autre), le nom de famille du destinataire précède le prénom.
   DUPONT Jean
   LEBEAU Isabelle

NOM ______________________ DATE ______________

C. Appellation

1. Dans la plupart des cas, **Monsieur** ou **Madame** sont corrects, suivis d'une virgule. On n'emploie pas le nom de famille.
2. Si on ne sait pas qui sera le destinataire, **Monsieur** ou **Messieurs** ou **Monsieur ou Madame** suffit.
3. Si on connaît un peu le destinataire, on peut commencer par **Cher Monsieur** ou **Chère Madame**. ***Attention:*** On n'écrit jamais **Mon cher Monsieur** dans une lettre officielle ou commerciale.

D. Contenu

Dans une lettre officielle ou commerciale, il faut s'exprimer aussi clairement et aussi poliment que possible. Le ton doit être impersonnel et poli.
Attention: Les Français utilisent des formules assez élégantes mais qui pourraient paraître compliquées à l'Anglo-Saxon.

> J'ai l'honneur de vous demander de bien vouloir vous présenter 8, rue des Champs, le jeudi, 15 avril à 14 heures.
>
> Je me permets de vous communiquer le prospectus ci-joint qui vous fournira les renseignements que vous demandez dans votre lettre du 23 octobre.
>
> Je vous serais bien reconnaissant si vous pouviez m'accorder un rendez-vous avant la fin du mois.
>
> Je vous prie de bien vouloir m'indiquer par retour du courrier la date à laquelle je dois me présenter à votre bureau.

E. Formule finale

1. Presque toutes les formules finales pour les lettres d'affaires contiennent ou le mot **sentiments** ou le mot **salutations**.
   Je vous prie d'agréer, cher Monsieur, l'expression de mes salutations distinguées.
   Je vous prie d'agréer, chère Madame, l'expression de mes sentiments respectueux.
   Veuillez agréer, Monsieur, l'expression de mes sentiments les meilleurs.
   Veuillez croire, Madame, à mes meilleurs sentiments.
   Recevez, cher Monsieur, mes meilleures salutations.
2. La formule finale d'une lettre officielle ou commerciale se termine avec un point (et non pas une virgule) et se trouve à la fin du dernier paragraphe de la lettre.

F. Signature

1. Beaucoup de Français ont une seule signature qui peut servir, dans une lettre personnelle aussi bien que dans une lettre d'affaires, comme un certificat d'authenticité.

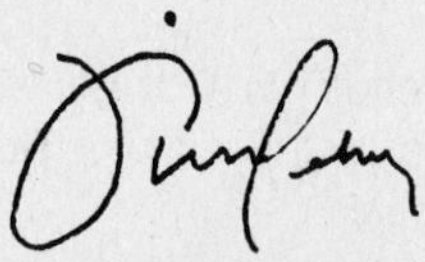

2. La signature est écrite à la main à la fin de la lettre. On trouve rarement, sous la signature, le nom et le titre de la personne qui signe indiqués en caractères d'imprimerie. Quelquefois, quand la signature est illisible et que le nom de l'expéditeur n'apparaît pas dans l'en-tête[1] de la lettre, il est difficile de savoir qui vous a écrit.

[1] *En-tête* (m.) = papier officiel d'une firme ou d'un cabinet professionnel. On remarquera des désignations supplémentaires comme titres, services offerts, siège ("headquarters") et capitaux (l'argent qu'il faut pour commencer une compagnie commerciale: "contributed capital") de la société.

NOM ____________________ DATE ____________

Activités

3. Ecrivez une lettre, très courte, à la Présidente de la Société des amis de l'art pour demander des renseignements sur les activités de cette organisation.

____________________ ____________________

(votre nom) (date)

____

____

(votre adresse)

____

(titre de la Présidente)

____

____

(adresse de la Présidente)

____

____

____

____

____

____

____

____

(formule finale)

____

(signature)

4. Ecrivez une lettre au propriétaire d'un appartement à Orléans que vous voudriez peut-être louer. Seul un numéro de boîte postale (B.P. No 7347, 45000 Orléans) est indiqué dans l'annonce que vous avez lue.

(votre nom)

(date)

(votre adresse)

(adresse du propriétaire)

(formule finale)

(signature)

NOM ______________________ DATE ______________

5. Ecrivez une lettre à une station de ski en Suisse pour demander si on emploie quelquefois comme moniteurs des experts étrangers comme vous.

(votre nom)

(date)

(votre adresse)

(adresse de la station de ski)

(formule finale)

(signature)

NOM ______________________________ DATE ______________

Leçon préliminaire de laboratoire

Activité préliminaire #1

A. Qui a fait l'erreur? Qu'est-ce que cette personne a fait?

____

____

____

____

B. Complétez la phrase en indiquant un des choix proposés.

1. a. se connaissent déjà.
   b. veulent la même place.
   c. aiment fumer.

2. a. veut voir le décollage.
   b. va garder cette place.
   c. aide à résoudre le malentendu.

C. Que devrait faire cette jeune femme maintenant?

____

____

____

____

Activité préliminaire #2

D. Complétez la phrase en indiquant un des choix proposés.

1. a. une agence.
   b. un appartement.
   c. des immeubles.

2. a. les cuillères.
   b. les casseroles et les assiettes.
   c. l'agence.

E. Quel est le rapport entre les mots suivants: **une poêle, un ouvre-boîte, une râpe à fromage, une salière, un moulin à poivre?**

____

____

____

____

Activité préliminaire #3

F. Dictée.

à Paris

le 19 septembre

____________ Monique,

Je ____________ que ____________
____________ Martine. Quand
____________, ____________
____
____________, mais quand ____________ que ____________
____________ depuis notre enfance, ____________
____________.
Nous ____________
et ____________ la rive gauche. ____________
____________. ____________
____________, mais
____________.
____________.

Amitiés,

Paul

NOM ____________________ DATE ____________

Leçon 1

Exercices écrits

Questions dont la réponse est *oui* ou *non*

A. Après la première semaine de cours vous écrivez à un(e) ami(e) de lycée pour lui parler de votre université et surtout pour poser des questions à propos de l'univérsité où il (ou elle) a décidé d'aller. Employez l'inversion. Vous voudriez savoir . . .

—s'il(si elle) a tous les cours qu'il(elle) espérait

—s'il(si elle) a retrouvé quelques copains du lycée

—s'il(si elle) a fait la connaissance de nouveaux ami(e)s intéressant(e)s

—si les profs sont sympathiques

—si les devoirs sont déjà excessifs

—si les années du lycée semblent déjà très loin dans le passé

—si les prochaines vacances coïncideront avec les vôtres

—s'il(si elle) espère rentrer chez lui(elle) pendant les prochaines vacances

____
(ville ou endroit où vous êtes maintenant)

____
(jour et date)

Cher (Chère) ____________,

Ça fait seulement quinze jours que je suis parti(e) et déjà tu me manques! La première semaine des cours s'est-elle bien passée? ____________________

____
(formule finale)

____
(votre prénom)

Pronoms interrogatifs

B. Vous allez "interviewer" un(e) autre étudiant(e) qui espère être votre camarade de chambre. Pensez à des questions à lui poser et notez-les afin de consulter votre liste de questions pendant votre conversation. Commencez vos questions par les mots donnés.

Qu'est–ce que? ____________________

Qu'est–ce qui? ____________________

Que? ____________________

Qui? ____________________

Qui est–ce que? ____________________

De quoi? ____________________

Avec qui ? ____________________

Avec quoi ? ____________________

L'adjectif interrogatif *quel*

C. Vous faites partie d'une organisation qui va manifester contre les armes nucléaires. On vous envoie les coordonnées, mais comme vous êtes nouveau et que c'est votre première manifestation, vous ne comprenez pas tout. Ecrivez à votre chef de groupe et posez-lui des questions. Employez **quel** à la forme voulue.

Cher camarade,

Voici les coordonnées de la manifestation. Nous avons finalement choisi comme date le jour de l'anniversaire de notre cher fondateur. Arrivez bien à l'heure à l'endroit convenu. Bien entendu, vous porterez les vêtements habituels pour ce genre d'activité.

Surtout ne mentionnez rien à la personne dont nous avons parlé. Bonne chance!

Jip

NOM ______________________ DATE ______________

le ___ /___ /___

Cher Jip,

Tu dis d'arriver à l'heure à l'endroit convenu. Nous avons parlé de la place de la mairie et du stade derrière le lycée. A quel endroit faut-il arriver? Et à quelle heure? ______________________

____

____

____

____

____

____

Ciao!

____

(votre prénom)

Le pronom interrogatif *lequel*

D. Vous travaillez dans un grand hôtel. Les voyageurs disposent d'un grand choix de chambres. Préparez des questions pour savoir leurs préférences. Employez la forme correcte de **lequel**.

❖ Nous avons des chambres avec vue sur jardin. D'autres chambres sont équipées d'un jacuzzi. **Laquelle préférez-vous?** ou **Laquelle voudriez-vous?**

Vous pourriez avoir une salle de bains avec douche ou avec baignoire.

______________________?

Nous vous proposons un grand lit ou un lit antique.

______________________?

Nous offrons le petit déjeuner anglais ou le petit déjeuner français.

______________________?

L'après-midi nous pouvons servir le thé à l'anglaise ou un goûter à la française avec spécialités de la région.

______________________?

Le soir nous vous offrons des parties de bridge ou des parties de Scrabble.

______________________?

Qu'est–ce que c'est que . . . ? et *Quel est . . . ?*

E. Vous avez loué une maison ou un appartement pour les vacances. En arrivant dans votre nouvelle habitation, vous trouvez cette lettre que vous a laissée la propriétaire. Vous venez d'arriver en France, alors vous ne comprenez pas très bien tout ce qu'elle a écrit. Ecrivez une lettre à la propriétaire. Posez–lui des questions pour avoir des explications plus précises en employant **Qu'est–ce que c'est que** et **Quel + être.**

Voici quelques dernières recommandations.
D'abord j'ai mis une seconde clé à l'endroit convenu. Cette clé ouvre aussi le cagibi.
Le chauffe-eau est derrière la nouvelle porte.
Si quelquefois il ne se met pas en marche, vérifiez le compteur dans la buanderie.
Les éboueurs passent deux fois par semaine.
Pour l'alimentation il y a une épicerie à 100 mètres dans la rue qui monte.
Si vous avez des questions, surtout n'hésitez pas à m'écrire.
Bonnes Vacances!

Lucie Verdun

____

____

(ville où vous êtes maintenant))

le _______________ 19 ____

Madame,

Je vous remercie de votre gentille lettre d'accueil et de vos renseignements fort utiles. Je me permets de vous poser quelques petites questions à propos de vos recommandations.______________________________

____

____

____

____

____

____

____

____
(formule finale)

____
(votre signature)

Adverbes interrogatifs

F. Un de vos amis vous a écrit en vous invitant à passer le week–end dans la résidence secondaire de sa famille en montagne. Répondez par écrit que vous acceptez l'invitation et que vous désirez savoir où se trouve sa maison, quand il compte partir, combien de temps il faut pour y aller et pourquoi il vous a conseillé d'apporter des vêtements chauds. Posez–lui des questions en employant **où, quand, comment, combien, pourquoi.**

____
(endroit, date)

Cher ______________,

____

____

____

____

____

____

____

____

____

____

____

____

____
(formule finale)

____
(signature)

Pronoms

G. Une compagnie fait de la recherche de marketing et vous envoie un questionnaire. Répondez aux questions par des phrases complètes et en employant au moins un pronom dans chaque réponse. Pour vous aider, les noms que vous pourriez remplacer par des pronoms sont en italique.

1. Combien *de personnes* y a–t–il chez vous? ______________________________
2. Combien *d'adultes* y a–t–il? ______________________________
3. Combien *de télés* avez–vous? ______________________________
4. Qui regarde *la télé* le plus? ______________________________
5. Cette personne boit–elle en regardant *la télé*? ______________________________
6. Indiquez si vous achetez chacune des boissons suivantes:

   du thé ______________________________

   du café ______________________________

   du coca cola ______________________________

   de l'eau minérale ______________________________

   du jus de fruit ______________________________

7. Pour chacun des desserts suivants indiquez si la personne la plus âgée de la maison aime:

   le gâteau ______________________________

   la glace ______________________________

   les pâtisseries ______________________________

   les bonbons ______________________________

   les fruits ______________________________

8. Pour chacun des produits suivants indiquez si vous avez employé cette semaine:

   une crème solaire ______________________________

   du shampooing ______________________________

   du kleenex ______________________________

   du dentifrice ______________________________

   du parfum ______________________________

NOM ______________________ DATE ____________

H. Un magazine demande à ses lecteurs de critiquer les films qu'ils vont voir. Répondez aux questions suivantes à propos du film d'amour que vous avez vu le plus récemment. Remplacez les mots en italique par les pronoms convenables.

Nom du film: ______________________

1. Quand avez–vous vu *ce film*?

   ____

2. Etes–vous allé *au cinéma* pour voir ce film?

   ____

3. Combien *de personnages principaux* y avait–il?

   ____

4. Avez–vous aimé *le héros*?

   ____

5. Avez–vous apprécié *l'héroïne*?

   ____

6. Dans ce film le héros tombe–t–il le premier amoureux *de l'héroïne* ou l'héroïne tombe–t–elle la première amoureuse *du héros*?

   ____

7. Y a–t–il *de la violence*?

   ____

8. Y a–t–il trop *de mots vulgaires*?

   ____

9. Avez–vous trouvé *l'histoire* réaliste? touchante?

   ____

10. Recommanderiez–vous *ce film à vos amis?*

    ____

NOM ______________________ DATE ______________

Exercices de laboratoire

Dialogue

A. Complétez la phrase en indiquant un des choix proposés.

1. a. a déjà ouvert le cadeau.
   b. est contente de recevoir un cadeau.
   c. déteste l'homme.

2. a. si c'est une porte.
   b. si c'est un objet d'art.
   c. pourquoi l'homme ne l'ouvre pas.

«La Recherche de l'idéal»

B. Quelle sorte d'homme est Georges? Ecrivez deux ou trois détails qui vous indiquent cela.

____

____

____

____

C. Complétez la phrase en indiquant un des choix proposés.

1. a. un questionnaire.
   b. une gentille réceptionniste.
   c. une affiche.

2. a. a donné un questionnaire à Georges.
   b. était Christy Brinkley.
   c. regardait la télévision.

3. a. les gentilles réceptionnistes.
   b. la musique classique.
   c. les zèbres.

4. a. a appelé un ami au téléphone.
   b. est rentré chez lui pour attendre.
   c. était triste.

D. Imaginez la suite de cette histoire: Qu'est–ce qui s'est passé après? Ecrivez un petit paragraphe de trois à cinq phrases.

____

____

____

____

____

____

____

____

«Le Retour des êtres à cou»

E. Décrivez ce qu'Albert a vu.

____

____

____

____

F. Complétez la phrase en indiquant un des choix proposés.

1. a. dans le compartiment d'un train.
   b. dans le jardin.
   c. sur un grand vaisseau spatial.

2. a. des êtres extraterrestres.
   b. trois amateurs de bégonias.
   c. deux copains et deux inconnus.

3. a. participe à la conversation.
   b. lit le journal.
   c. a une grosse tête.

4. a. a atterri sur une montagne.
   b. a cassé la fenêtre.
   c. contenait de petits êtres bizarres.

G. Qui écoute Albert? Quelle est leur réaction à son histoire?

____

____

____

____

____

«L'Enfant martyr»

H. Dictée.

— ____ hier soir?

— ______________________, maman, comme tu m'avais dit.

— Menteur, je t'ai entendu, moi, ______________________

______________________.

— C'est que ______________________________; elle ne marche plus.

— J'en suis bien sûre. ______________________________?

— ____.

— Ces ______________________, tu veux dire, ______________________

______________________ et des boucles d'oreille?

— Oh, ______________________, maman!

— Ça m'étonnerait. Et dis–moi donc. ______________________

______________________ avec ces sales gamins?

— ______________________, maman.

— Oh, mais tu me fais marcher, c'est honteux. Le voisin t'a bien vu hier ______________________,

______________________ en train de jouer au billard et au flipper.

—Mais alors, maman, si tu sais déjà ______________________________,

____?

I. Que pensez–vous du rapport entre ces deux personnes?

____

____

____

____

____

____

Lecture: «Dialogues»
(page 43 dans *Liaison*)

Leçon 2

Exercices écrits

Le présent

A. On fait une enquête sur les habitudes et les loisirs des gens de votre région. Répondez aux questions suivantes en employant le verbe de votre choix.

❖ Que faites–vous le samedi soir? (sortir? étudier?)
Le samedi soir je sors avec des amis.

1. Que faites–vous le jour de votre anniversaire? (pleurer? sortir? aller?)

   ____

2. Que font vos amis pour fêter votre anniversaire? (offrir? préparer? chanter?)

   ____

3. Que faites–vous le dimanche? (vous promener? faire la grasse matinée? étudier?)

   ____

4. Quand vous avez seulement une heure pour lire que faites–vous? (lire? parler? étudier?)

   ____

5. Que faites–vous comme exercice physique? (jouer au tennis? danser? courir?)

   ____

6. Que faites–vous quand il pleut? (aller au cinéma? dormir? vous ennuyer?)

   ____

7. Que faites–vous le soir? (regarder la télé? travailler? téléphoner à des amis?)

   ____

8. Que faites–vous avec vos amis le vendredi soir? (fréquenter des discothèques? voir un film? dîner au restaurant?)

   ____

9. Que faites–vous quand il fait chaud? (vous baigner? vous déshabiller? acheter une glace?)

   ____

10. Que faites–vous à minuit? (vous endormir? vous coucher? éteindre la télé?)

    ____

B. Ecrivez une lettre à vos grands–parents. Décrivez–leur votre emploi du temps: ce que vous faites chaque jour et à quelle heure vous le faites. Parlez aussi de vos activités pendant le week–end.

NOM ______________________ DATE ______________

L'imparfait

C. Vous organisez vos notes pour un essai sur la condition des femmes il y a cent ans. Pour chaque verbe écrivez une phrase à l'imparfait pour indiquer si vous croyez que les femmes faisaient généralement ces choses (ou, si un certain groupe de femmes les faisait, vous pourriez préciser quel groupe).

❖ aller à l'université
Les femmes n'allaient pas généralement à l'université. (Mais les femmes riches y allaient quelquefois.)

savoir danser ______________________

faire la cuisine ______________________

exercer un métier ______________________

comprendre la politique ______________________

voter ______________________

prendre le train ______________________

choisir leur mari ______________________

avoir beaucoup d'enfants ______________________

porter un bikini ______________________

se maquiller ______________________

voyager en avion ______________________

D. Vous recevez une lettre qui vous rappelle que votre grand–oncle et votre grande–tante vont fêter leur cinquantième anniversaire de mariage. En l'honneur de cette occasion, vos cousins préparent une présentation qui raconte la vie du vieux couple. Ils demandent à chacun de se rappeler un aspect de leur vie. Ecrivez un paragraphe dans lequel vous fournissez quelques souvenirs personnels de vos rapports avec eux (comment ils étaient avec vous, ce que vous faisiez ensemble, etc.).

❖ **Je me souviens que chaque fois que j'allais les voir, ma Tante Florence me donnait de bons petits gâteaux au chocolat qu'elle faisait elle–même. L'oncle Marc fumait toujours sa pipe et m'emmenait à la pêche avec lui . . . etc.**

____

____

____

____

____

____

____

____

E. Votre épicier livre à domicile. Ecrivez–lui un mot pour expliquer ce que vous voulez acheter. Finissez les phrases en employant l'article correct (**du, de la, de l', des, de, un, une, le, la, les**).

Monsieur,

Je voudrais ____________________, ____________________,

____________________, ____________________ et

____________________. N'oubliez pas de me donner

____________________, ____________________,

____________________ et un kilo ____________________.

Cette semaine je ne voudrais pas ____________________,

____________________, ou ____________________.

Merci d'avance!

Bien à vous,

____

(votre signature)

NOM ______________________ DATE ______________

F. Nommez cinq amis que vous invitez à dîner. Notez leurs préférences culinaires, musicales, leurs autres goûts. Puis écrivez le menu et les autres préparatifs que vous faites.

❖ **Marc: aime les légumes et le poulet . . . est allergique au lait . . . adore la musique classique . . . déteste le rock . . . préfère le ballet . . . n'achète jamais de billets de loterie . . .**

Invités:

____

____

____

____

____

____

____

____

____

Menu:

____

____

____

____

____

____

____

____

____

____

____

Notes:

____

____

____

____

____

____

____

____

____

Expressions de quantité

G. Une organisation vous a invité(e) à devenir membre. En employant au moins **six** des mots et des expressions suivants, écrivez une lettre précisant pourquoi vous acceptez ou refusez d'adhérer à cette organisation. (A vous de nommer l'organisation!)

assez de
beaucoup de
bien des
certains
un peu de
peu de
la plupart de
la plus grande partie de
plusieurs
quelques
tous
tout
toute
toutes
trop de

____
(lieu)

____
(date)

Messieurs,

Je vous remercie de votre lettre où vous me proposez de devenir membre de votre organisation.

____
(formule finale)

____
(signature)

NOM ____________________ DATE ____________

Pronoms indéfinis

H. Vous faites le tour du monde et vous écrivez des cartes postales de plusieurs endroits différents. Très impressionné(e), vous généralisez en décrivant l'endroit d'où vous écrivez. Employez le terme entre parenthèses et imaginez ce que vous écrivez

❖ **de Montréal:** (ceux qui veulent parler français)
Ceux qui veulent parler français trouvent beaucoup d'occasions de le parler ici.

de Paris: (on) ____________________

____

de Moscou: (celui qui ne parle pas russe) ____________________

____

de Londres: (chacun) ____________________

____

de Venise: (tout) ____________________

____

de New York: (tout le monde) ____________________

____

de Tokyo: (certains) ____________________

____

de Pékin: (quelqu'un) ____________________

____

de Los Angeles: (ceux qui ne savent pas conduire) ____________________

____

Le passif

I. Exercice de style: Refaites les phrases suivantes de deux façons en employant la forme pronominale et en employant **on**. Utilisez le verbe indiqué entre parenthèses.

❖ Les boutiques sont fermées à midi. (fermer)
Les boutiques se ferment à midi.
On ferme les boutiques à midi.

Les alpinistes admirent le Mont Blanc en Haute Savoie. (trouver)
Le Mont Blanc se trouve en Haute Savoie.
On trouve le Mont Blanc en Haute Savoie.

1. Les touristes regardent les dolmens et les menhirs trouvés en Bretagne. (trouver)

____

____

2. Les promeneurs à Paris voient toutes sortes de vêtements. (voir)

____

____

3. Les gastronomes mangent les huîtres seulement pendant les mois qui ont un "r". (manger)

____

____

4. Les étrangers remarquent que la bise est faite entre amis. (faire)

____

____

5. Les Parisiens savent que les marchands vendent de tout au marché aux puces. (vendre)

____

____

6. Les parfums français sont exportés dans le monde entier. (exporter)

____

____

7. Les Français ne s'étonnent pas de voir les chiens partout en public. (voir)

____

____

8. Dans certaines régions les gens disent «bonsoir» même l'après–midi. (dire)

____

____

NOM ______________________ DATE ______________

J. Ecrivez un article pour le journal de votre université sur ce qu'on offre de nos jours comme cadeau de mariage. Employez la forme pronominale pour indiquer ce qu'on achète (et où), ce qu'on ne donne pas, comment on présente son cadeau, etc.

Vous avez un(e) ami(e) qui se marie la semaine prochaine. Que pouvez–vous lui offrir comme cadeau de mariage? Dans nos recherches dans les grands magasins, nous avons constaté que l'argenterie, par exemple, ne s'offre plus très souvent aujourd'hui. ______________________

____

____

____

____

____

____

____

____

____

____

Adjectifs qui expriment la fréquence

K. Vous décrivez une ville. Choisissez les activités suivantes à mettre à leur place convenable.

une promenade quotidienne **un bal annuel**
un concert hebdomadaire **une conférence mensuelle**

Cette ville offre des distractions agréables. Il y a un beau parc, par exemple, et les habitants en profitent pour faire ______________________. Au milieu du parc se trouve un kiosque à musique où chaque dimanche il y a ______________________. Au centre culturel de la ville, il y a ______________________ sur un sujet qui intéresse tout le monde. Au même endroit, en février, il y a ______________________ au profit des orphelins.

Maintenant inventez quatre phrases pour décrire votre ville en employant les adjectifs indiqués à la forme correcte et à la place qui convient.

1. (quotidien)

____

____

2. (hebdomadaire)

____

____

3. (mensuel)

4. (annuel)

Adverbes et expressions adverbiales de temps

L. Une société de sondage mène une enquête sur la santé et la sécurité. En employant un des adverbes ou expressions de fréquence (**parfois, toujours, quelquefois,** etc.—voir page 72 de *Liaison*) dans une phrase complète, indiquez avec quelle fréquence vous faites les choses suivantes. Variez les adverbes et expressions.

❖ attacher votre ceinture de sécurité
J'attache régulièrement ma ceinture de sécurité.

1. regarder à droite et à gauche avant de traverser la rue

2. fumer

3. faire de l'exercice physique

4. aller voir le médecin

5. observer la limite de vitesse

6. rouler vite en auto

7. traverser la rue au feu vert

NOM ______________________________ DATE ______________

Exercices de laboratoire

Dialogue

A. Complétez la phrase en indiquant un des choix proposés.

1. a. les grands couturiers boivent du Vittel.
   b. tout le monde boit du Perrier.
   c. tout le monde peut suivre la mode.

2. a. la mode parisienne.
   b. la mode américaine.
   c. la mode de province.

«Le Musée»

B. Quand choisirez–vous d'aller au musée pour dépenser moins d'argent?

____

____

____

____

C. Complétez la phrase en indiquant un des choix proposés.

1. a. faire servir le petit déjeuner à ses amis.
   b. dîner en groupe.
   c. déjeuner.

2. a. téléphoner à son groupe.
   b. appeler le 242–52–31.
   c. arriver tôt au musée.

D. Que direz–vous à vos amis pour leur proposer d'aller à ce musée?

____

____

____

«Chez Tabarly»

E. Quelle sorte de clientèle fréquente ce restaurant?

____

____

F. Complétez la phrase en indiquant un des choix proposés.

1. a. une recette pour la sauce vinaigrette.
   b. les compliments du chef.
   c. vos conseils.

2. a. le foie gras et les cuisses de grenouille.
   b. le bifteck frites et la salade verte.
   c. le steak au poivre et le camembert.

3. a. demandez au patron.
   b. allez à l'Académie française.
   c. inventez une réponse vous–même.

G. Quel sera le côté le plus agréable de ce travail?

____

____

____

____

«Tout est bien qui finit bien»

H. Dictée.

Françoise avait choisi ______________________________________

simplement ____.

________________ qu'en Angleterre __________________________,

qu'en Italie ________________________________ et que __________

____

____________________________________.

NOM ______________________ DATE ______________

Alors, ______________________ ensoleillées, de flamenco et de castagnettes, de courses de taureaux, de sangria. Puis, tout d'un coup, Françoise s'est demandé si ce serait si bien que ça: en été ______________________ ______________ des coups de soleil atroces. ______________________ ______________________ de la musique exotique. Les courses de taureaux ______________________. ______________________ la tête. Après tout, pensait–elle, je devrais peut–être ______________, avec son Beaujolais nouveau, ______________________ et ______________________ ______________ et qui vraiment ne se ressemblent pas.

Cependant, ______________________ pour changer ses réservations. Françoise est donc partie ______________. ______________ ______________, elle a trouvé que ______________________ mieux le rock qu'en France. Le musée du Prado ______________________ ______________________. Les monuments de Cordoue et de Grenade ______________________. Elle est revenue de la Costa del Sol avec un bronzage impeccable, ______________________ ______________________.

I. Que pensez–vous de la manière dont Françoise a choisi l'Espagne?

____

____

____

____

____

Lecture: «Maximes»

(page 79 dans *Liaison*)

NOM ______________________ DATE ______________

Leçon 3

Exercices écrits

Le présent pour décrire

A. Décrivez cette scène en indiquant le caractère du décor, des objets, des gens et tout ce qu'ils sont en train de faire.

Frédéric Bazille (1841–1870) *L'Atelier de Bazille rue de la Condamine,* 1870. (Musée d'Orsay)

____

____

____

____

____

____

____

____

____

____

B. Première lettre à votre correspondant(e) francophone. Dans cette lettre, présentez-vous. Faites une description de vous-même. Précisez comment vous êtes, ce que vous faites, ce que vous aimez, ce que vous détestez, etc. Posez-lui des questions analogues.

____

____

Cher/Chère ________________,

____

____

____

____

____

____

____

____

____

____

____

____

L'imparfait pour décrire

C. Voici la scène qui a eu lieu hier soir au restaurant. Pendant cette scène, tout à coup, un incendie s'est déclaré dans la cuisine. Faites le début du reportage du désastre en indiquant ce que les gens faisaient.

D. Vous faites une demande d'emploi d'été à l'étranger. Pour vous trouver une situation convenable, on vous demande de rédiger un petit essai où vous parlez de votre dernier emploi. Décrivez l'endroit, les autres employés, votre patron(ne), le travail que vous faisiez, votre attitude, etc.

E. Test de créativité. Pour mettre à l'épreuve votre originalité, qualifiez chacun des noms suivants par un adjectif (à la forme et à la place correctes). Commencez par un adjectif banal, puis après, un adjectif plus inattendu. N'oubliez pas de placer correctement les adjectifs.

	adjectif banal	**adjectif inattendu**
❖ **une ombrelle**	*une ombrelle rouge*	*une ombrelle pompeuse*
une fête	______________	______________
un ragoût	______________	______________
des chevaux	______________	______________
un port	______________	______________
des feuilles	______________	______________
une clarinette	______________	______________
un torse	______________	______________
une sauce	______________	______________
un chapeau	______________	______________
un mouchoir	______________	______________
des illusions	______________	______________
des bâtiments	______________	______________
des doigts	______________	______________

NOM ______________________ DATE ______________

F. Quand on perd quelque chose d'important on essaie de le retrouver de diverses façons. Une manière de chercher consiste à préparer des affiches à mettre aux murs avec une description de l'objet ou de l'animal perdu. Sur les affiches suivantes, employez des adjectifs pour décrire précisément ce que vous avez perdu.

G. Vous écrivez des commentaires qui vont accompagner des photos dans le catalogue d'un grand magasin américain. Ce catalogue est destiné aux consommateurs français. Employez les adjectifs démonstratifs qui conviennent (**ce, cette, cet, ces**) pour faire une phrase à propos de chaque objet.

❖ un répondeur «Phone-Mate»: **Ce répondeur «Phone-Mate» enregistrera les messages de vos amis, de vos clients, de vos collègues, etc.**

un imperméable «London Fog»: ______________________________

____

une poupée «Barbie»: ______________________________

____

une casserole «Revereware»: ______________________________

____

une chemise «Bill Blass»: ______________________________

____

un stylo «Cross»: ______________________________

____

un parfum de Ralph Lauren: ______________________________

____

une bouteille de whisky «Jack Daniel's»: ______________________________

____

des chaussures «Liz Claiborne»: ______________________________

____

des collants «Underalls»: ______________________________

____

des vitamines «1-A-Day»: ______________________________

____

une Cadillac: ______________________________

____

Structures qui fonctionnent comme adjectif

H. En faisant vos préparatifs pour un voyage de vacances d'hiver, vous rédigez une liste de ce que vous emportez. Remplissez les blancs par le nom, l'adjectif ou l'infinitif qui convient. Ajoutez d'autres mots si vous voulez.

un tube de ________________________

des cadeaux de ________________________

une chemise de ________________________

des chaussures de ________________________

un livre de ________________________

un livre à ________________________

mes devoirs de ________________________

mon manteau de ________________________

quelque chose à ________________________

quelque chose de ________________________

mes cassettes de ________________________

une paire de ________________________

des lunettes de ________________________

[autre chose] ________________________

[autre chose] ________________________

[autre chose] ________________________

Le pronom relatif

I. Un camarade veut passer l'été en France. Il écrit un essai pour accompagner sa demande d'emploi mais il le trouve trop long. Proposez des changements de style pour rendre son essai plus concis et plus élégant en employant des pronoms relatifs.

Je voudrais travailler en France. En France on parle une si belle langue. C'est un pays riche en culture. Mes professeurs me parlent de cette culture depuis mon premier cours de français. Je cherche un travail dans une colonie de vacances. Il y a beaucoup d'enfants dans les colonies de vacances. J'ai toujours aimé les enfants. Les enfants m'aiment beaucoup aussi. Cette occasion de parler français et de continuer mon contact avec les enfants est une occasion rare. Je me prépare à cette occasion depuis longtemps.

NOM ____________________ DATE ____________

J. Concours. Un journal demande qu'on nomme les dix inventions qui ont influencé le plus l'humanité. Remplissez le formulaire en expliquant l'importance de chacune des inventions que vous nommerez. Employez le pronom relatif indiqué. Employez **lequel** à la forme appropriée **(lequel, laquelle, lesquels, lesquelles).**

❖ (sans lequel)
Le téléphone est un appareil sans lequel la vie moderne ne pourrait pas être possible.

1. (qui) ____________________
2. (que) ____________________
3. (où) ____________________
4. (dont) ____________________
5. (avec + *lequel*) ____________________
6. (pour + *lequel*) ____________________
7. (dans + *lequel*) ____________________
8. (à + *lequel*) ____________________
9. (à propos de + *lequel*) ____________________
10. (sans + *lequel*) ____________________

L'adverbe

K. Ecrivez pour le journal de votre université un petit article sur un événement sportif récent ou sur un film ou un débat auquel vous avez récemment assisté. Prenez comme point de départ la performance de plusieurs individus. Vous devez varier le style des phrases dans votre reportage. Employez dans différentes phrases:

des adverbes

avec/sans + nom

d'une manière/d'une façon + adjectif

sans + infinitif

NOM ______________________________ DATE ______________

Le participe présent

L. Vous êtes témoin d'un cambriolage dans un magasin. Le détective chargé de l'enquête vous interroge en notant toutes vos réponses. On vous demande après de vérifier la transcription du carnet du détective. Ecrivez vos réponses exactes en employant le participe présent comme adjectif et comme adverbe.

—Vous dites que le couple de cambrioleurs vous paraissait suspect dès qu'il est entré dans le magasin 7-11. En quoi la femme vous paraissait–elle suspecte? Et l'homme?

—Elle avait la voix ____________________ (percer). Lui parlait sur un ton ____________________ (menacer).

—Comment avez-vous vu qu'ils avaient un révolver?

—En ____________________ (ouvrir) son sac, la femme a fait tomber le révolver sur les pommes chips. Et elle l'a ramassé en ____________________ (faire) craquer les chips!

—De quelle manière est-ce qu'elle était habillée?

—Elle portait une veste de cuir noire et un pantalon noir très ____________________ (coller).

—Et l'homme?

—Lui portait un costume d'une couleur ____________________ (inquiéter): rose et vert pâle.

—Quand et comment ont-ils demandé l'argent à la caissière?

—En ____________________ (s'approcher de) la caisse, en ____________________ (faire) semblant d'avoir des produits à payer. Ils ont exigé qu'elle mette tout l'argent de la caisse dans un sac en plastique.

—De quelle manière a-t-elle répondu?

—La pauvre! Elle a refusé . . . tout en ____________________ (s'évanouir)! Et le tiroir de la caisse était ouvert!

—Alors, qu'est-ce que les cambrioleurs ont fait?

—Ils ont vidé le contenu de la caisse dans leur sac en ____________________ (rire)! Ils ont filé en ____________________(casser) la porte vitrée de l'entrée.

—Comment avez-vous réagi?

—Comme vous le savez: en ____________________ (téléphoner) immédiatement à la police.

Parties du corps dans la description

M. Vous écrivez une lettre à votre famille en décrivant le physique de cinq camarades de classe que vous avez rencontrés dans votre cours de français. Ajoutez également des remarques sur leur personnalité.

____

Bien chers parents,

La vie universitaire me plaît énormément. On travaille dur mais on s'amuse aussi. Et je rencontre tant de personnes intéressantes! Dans mon cours de français, par exemple, il y a ____________________

____

____

NOM ______________________________ DATE ______________

Exercices de laboratoire

Dialogue

A. Complétez la phrase en indiquant un des choix proposés.

1. a. prend une photo.
   b. trouve l'endroit très désagréable.
   c. est sur un trottoir.

2. a. chante.
   b. est pleine de cailloux.
   c. essaie de calmer la première.

«Prisonniers échappés

B. Qui a été blessé?

____

____

____

____

C. Complétez la phrase en indiquant un des choix proposés.

1. a. ont pris un bain.
   b. ont passé quatre jours dans la forêt.
   c. ont mangé pendant quatre jours.

2. a. avaient peur des prisonniers.
   b. fabriquaient des chaussures.
   c. mangeaient des cailloux.

3. a. a essayé de devenir policier.
   b. a été tué.
   c. a mis des chaussures.

4. a. venait du Sénégal.
   b. avait trop mangé.
   c. travaillait comme docker.

D. A votre avis, pourquoi est-ce que cette personne a essayé de s'enfuir?

____

____

____

____

«Victime de la télé»

E. Quel est le vrai métier de Jean Dupont? Que fait-il dans ses rêves?

____

____

____

____

F. Complétez la phrase en indiquant un des choix proposés.

1. a. pour le gouvernement français.
   b. pour une compagnie à Tokyo.
   c. dans un hôtel.

2. a. porte un habit de couleur claire.
   b. travaille pour Ray-Ban.
   c. connaît bien Yves Saint-Laurent.

3. a. porte des pantoufles.
   b. porte une mini-jupe.
   c. a les jambes courtes.

4. a. a une femme qui porte des mini-jupes.
   b. a beaucoup d'imagination.
   c. aime bien les grosses marmites.

G. A votre avis, pourquoi Jean Dupont fait-il ce rêve?

____

____

____

____

____

NOM ______________________ DATE ______________

«Telle mère, telle fille»

H. Dictée.

______________________ Agnès ______________
______________________ sur ses souliers à hauts talons. Mais ______________________ devant le miroir de la salle de bains, entre les murs maintenant tachés de rouge à lèvres, et ______________.
C'est comme ça que Madame Chelet, ______________________, a trouvé sa fille. Agnès se dandinait devant la glace, ______________________
______________________ traînait à moitié par terre, et ______
______________ pour ______________ potelés ______________
______________________.

En voyant sa fille ainsi, ______________________
______________________, Madame Chelet,
______________________ pour sa grande coquetterie, n'a pas pu retenir ______________________. Agnès ______________
______________________.

I. Environ quel âge a Agnès? Justifiez votre réponse.

____
____
____
____
____

Lecture: «Chaïba»
(page 134 dans *Liaison*)

NOM ______________________ DATE ______________

Leçon 4

Exercices écrits

Comment demander à quelqu'un d'exprimer ses sentiments

A. Vous faites partie d'un comité qui choisira des candidats pour une bourse d'études. Les candidats choisis représenteront leur pays dans une université française. Vous rédigez une liste de questions que vous pourriez poser aux candidats: parmi les sujets suivants, choisissez–en cinq et formulez pour chacun une question à poser aux candidats pour savoir leur opinion sur ce sujet. Indiquez aussi ce qui, à votre avis, serait une réponse idéale.

l'idée qu'on se fait de votre pays à l'étranger
les rapports entre votre pays et la France
la possibilité de poursuivre des études universitaires
votre université en particulier
les relations familiales et leur rôle dans la société
l'environnement
votre responsabilité comme représentant de votre pays (ou de votre université)
la liberté individuelle
la jeunesse contemporaine
les vieux
l'autorité
le gouvernement
la misère
le mariage

❖ Question: **Que pensez-vous des relations familiales et de leur rôle dans la société?**
Réponse idéale: **Je pense que des rapports étroits entre les membres d'une même famille sont essentiels pour constituer une société solide.**

Question: ______________________________
Réponse idéale: ______________________________
____

Question: ______________________________
Réponse idéale: ______________________________
____

Question: ______________________________
Réponse idéale: ______________________________
____

Question: ______________________________
Réponse idéale: ______________________________
____

Question: ______________________________
Réponse idéale: ______________________________
____

Adjectif ou nom + *à* ou *de* + infinitif

B. Finissez les phrases suivantes avec la préposition **à** ou **de** + infinitif pour exprimer vos attitudes générales.

❖ Je suis heureux/heureuse . . .
Je suis heureux (heureuse) d'habiter dans un endroit agréable.

1. J'ai de la chance ______
2. Je suis ravi(e) ______
3. Je ne suis pas quelqu'un ______
4. Je serais triste ______
5. J'ai toujours quelque chose ______

Adjectif + *de* + nom

C. Quelle sorte d'étudiant(e) êtes-vous? Indiquez votre attitude à propos des phénomènes suivants en employant un adjectif de sentiment + **de.** Quelques adjectifs possibles: **content, déçu, fatigué, fier, heureux, ravi, satisfait, triste,** etc.

❖ votre accent: **Je suis content(e) de mon accent.**

vos compositions: ______
votre apparence: ______
votre sens de l'humour: ______
votre persévérance: ______
vos rapports avec vos professeurs: ______
vos rapports avec vos camarades de classe: ______
votre participation en classe: ______
autre chose (nommez vous–même une de vos caractéristiques) ou un autre aspect de votre vie d'étudiant:
______
______
autre chose: ______
______
autre chose: ______
______

NOM ______________________ DATE ______________

Verbe + infinitif

D. Sondage sur votre attitude vis-à-vis des actions quotidiennes. Répondez à ces questions en employant dix verbes de sentiment différents (voir pages 149–151 de *Liaison*).

❖ Lisez-vous le journal?
Je regrette de ne pas le lire.

Vous brossez-vous les cheveux?

____

Mangez-vous?

____

Prenez-vous des vitamines?

____

Faites-vous de l'exercice physique?

____

Regardez-vous la télé?

____

Ecoutez-vous la radio?

____

Faites-vous la vaisselle?

____

Dormez-vous?

____

Ecrivez-vous dans un journal intime?

____

Téléphonez-vous à des amis?

____

E. Vous écrivez à un(e) ami(e) que vous n'avez pas vu(e) depuis très longtemps. Vous lui donnez de vos nouvelles en exprimant vos sentiments à propos des changements qui se sont produits dans votre vie ces dernières années. Employez des expressions de sentiment comme **avoir envie de, se féliciter de, avoir peur de, regretter de,** etc. dans vos remarques. Expliquez: où vous étudiez maintenant; quelle spécialité vous avez choisie (ou vous pensez choisir); comment vont les autres membres de votre famille qu'il(elle) connaît; comment vont d'autres amis communs et ce qu'ils font. Enfin dites-lui que vous serez dans sa ville le mois prochain et que vous serez ravi(e) de le(la) voir.

____

____

________________________,

Il y a si longtemps qu'on ne s'est pas vus! Je me réjouis d'être maintenant étudiant(e) à l'université de

NOM ______________________ DATE ______________

Le subjonctif avec une expression de sentiment

F. Lettre à la direction d'un hôtel pour parler du service. Employez le subjonctif pour exprimer vos réactions à tout ce que les employés ont fait pendant votre séjour. (Voir page 153 de *Liaison*). Voici ce qu'ils ont fait:

— La serveuse a versé du café sur votre smoking/le smoking de votre ami.

— Le maître d'hôtel vous a tutoyé.

— La bonne a pris votre portefeuille.

— Le porteur a perdu vos bagages.

— La standardiste a oublié de vous transmettre un message important.

— Le caissier a démagnétisé votre carte de crédit.

— La télévision ne marchait pas.

— Quelqu'un est entré dans votre chambre à minuit pour voir si vous étiez là.

Monsieur le Directeur de l'Hôtel

____

____

Monsieur,

____

(formule finale)

____

G. Rédigez ce dialogue pour une pièce: Une jeune femme est seule dans un compartiment de train. Un jeune homme arrive, s'assied et entame une conversation. La jeune femme est très déprimée, elle répond à toutes les remarques du jeune homme en exprimant des sentiments négatifs. Le jeune homme est sympathique et sensible et essaie de la sortir de sa dépression. Employez des verbes et des expressions de sentiment suivis d'un infinitif (avec ou sans préposition) ou d'une proposition au subjonctif (voir pages 149–153 de *Liaison*).

❖ Lui: Je suis si heureux de faire ce voyage, de connaître enfin la France!
Elle: **Moi, je ne suis pas heureuse d'être ici. Je regrette d'être n'importe où.**

Lui: Mais vous n'êtes pas heureuse aujourd'hui? Il fait si beau!

Elle: ______________________________

Lui: Ecoutez, tout le monde se réjouit aujourd'hui d'avoir fini la semaine. C'est vendredi!

Elle: ______________________________

Lui: Je vous trouve si triste.

Elle: ______________________________

Lui: Vous commencez à me déprimer, moi aussi.

Elle: ______________________________

Lui: Vous avez sûrement beaucoup d'amis avec qui parler.

Elle: ______________________________

(*Finissez cette scène vous-même selon votre imagination.*)

____

____

____

____

____

NOM ______________________________ DATE ____________________

Noms et adjectifs qui expriment un sentiment

H. Vous envoyez à votre tante Mathilde, convalescente après une operation, votre version d'un épisode de feuilleton télévisé qu'elle n'a pas pu voir. Pour la faire rire un peu, vous parodiez l'épisode en chargeant votre style d'émotions. Voici le résumé de l'épisode:

> Bob aime Stacey, sa nouvelle femme. Riva, son ancienne fiancée, aime toujours Bob. Riva l'invite chez elle. Bob y va. Riva lui dit que Stacey le trompe et qu'elle est à l'instant même avec Guillaume, le meilleur ami de Bob. Bob dit à Riva qu'il ne la croit pas. Cependant, il se précipite chez Guillaume après avoir quitté Riva.

Synopsis du 204ème épisode tendre et triste de «La Joie de vivre»

Bob est ivre de joie après son mariage émouvant avec la gentille Stacey. Mais la belle Riva, toujours amoureuse de lui, essaie désespérément de le faire revenir à elle. (Riva, amnésique, avait retrouvé la mémoire en lisant l'annonce du mariage dans le journal.) L'espoir de revoir son ancien fiancé la pousse à lui révéler une nouvelle désagréable. Impatiente de lui parler, ____________

____

____

____

____

____

____

____

____

____

____

Verbes suivis d'un nom ou d'un adjectif de sentiment

I. Vous avez décidé d'accepter un emploi qui vous forcera à habiter en Europe pendant deux ans ou plus. Faites une liste de six personnes à qui vous voulez annoncer cette nouvelle. Pour chaque personne, indiquez quelle sera sa réaction en employant les verbes proposés. Selon la réaction de chaque personne, vous pourriez imaginer comment vous devriez aborder la question.

❖ (éprouver) **Ma grand-mère éprouvera de la tristesse et peut-être de l'inquiétude.**
Notes: **Il faudra insister sur le fait que je reviendrai tous les six mois.**

1. (se sentir) ______________________________
   Notes: ______________________________
   ____
2. (éprouver) ______________________________
   Notes: ______________________________
   ____
3. (ressentir) ______________________________
   Notes: ______________________________
   ____
4. (sentir) ______________________________
   Notes: ______________________________
   ____
5. (être) ______________________________
   Notes: ______________________________
   ____
6. (sentir que) ______________________________
   Notes: ______________________________
   ____

NOM ______________________________ DATE ______________

Expressions d'indifférence

J. Après avoir écrit le dialogue de l'exercice G, envisagez maintenant une autre situation: Une jeune femme est seule dans un compartiment de train. Un jeune homme arrive, s'assied et entame une conversation. La jeune femme est insolente, elle répond à toutes les remarques du jeune homme par une expression d'indifférence, d'ennui ou de dérision. Après un certain temps, le jeune homme part chercher une place dans un autre compartiment.

❖ Lui: Je suis si heureux de faire ce voyage, de connaître enfin la France!
Elle: **Qu'est-ce que ça peut bien me faire?**

Lui: Euh . . . Tiens! Il fait si beau!

Elle: ______________________________

Lui: Ahem, euh . . . tout le monde se réjouit aujourd'hui d'avoir fini la semaine. C'est vendredi!

Elle: ______________________________

Lui: Je vous trouve si insolente.

Elle: ______________________________

Lui: Vous commencez à m'agacer.

Elle: ______________________________

Lui: Je ne pense pas que vous ayez beaucoup d'amis avec votre caractère!

Elle: ______________________________

(Finissez cette scène vous–même selon votre imagination.)

____

____

____

____

NOM ________________________________ DATE ________________

Exercices de laboratoire

Dialogue

A. Complétez la phrase en indiquant un des choix proposés.

1. a. parce que l'artiste est insolent.
   b. parce qu'elle ne le comprend pas.
   c. parce qu'il n'y a pas assez de jaune.

2. a. l'artiste.
   b. un acteur.
   c. le mari de la femme.

«La Stéréo»

B. Pourquoi votre stéréo n'est-elle pas prête?

____

____

____

C. Complétez la phrase en indiquant un des choix proposés.

1. a. est finie.
   b. était facile.
   c. a entraîné une commandc spéciale.

2. a. de vous donner une autre stéréo.
   b. de vous téléphoner quand la stéréo sera prête.
   c. d'acheter votre stéréo.

D. Quelle est l'attitude de ce monsieur? Précisez.

____

____

____

____

«Conférence»

E. Quelle est l'idée principale de cette conférence?

____

____

____

F. Complétez la phrase en indiquant un des choix proposés.

1. a. des dromadaires, des hommes, des dames.
   b. des hommes, des dames, des conférenciers.
   c. des hommes, des dames, des chevaliers.

2. a. les rubans et les épées.
   b. les chevaliers de la Légion d'honneur et les chevaliers de la Table ronde.
   c. les chevaliers et les dromadaires.

3. a. mangent uniquement à la Table ronde.
   b. portent un ruban spécial.
   c. mangent avec les chevaliers de la Table ronde.

G. Qu'est–ce que vous pensez de cette conférence?

____

____

____

____

«Lettre d'amour»

H. Dictée.

Chère Jeanne,

Je dois t'écrire pour te dire ____________________, car je n'ai pas ______________________________ à quel point ____________________. Quand je te vois, ______________________________ que je ne peux guère ______________________________. Je rêve de toi. ______________________________ ______________________________le reste de ma vie. ______________________________ ______________________________ ____________________? ____________________ ____________________ un jour ____________________? ____________________ d'avoir le plus petit signe de ____________________.

Avec ____________________,

Pierre

NOM ______________________ DATE ______________

I. Si vous étiez Jeanne, comment réagiriez-vous à cette lettre?

____

____

____

____

____

Lecture: «Le Dromadaire mécontent»
(page 170 dans *Liaison*)

NOM ______________________________ DATE ______________

Comment écrire un essai

Le terme *composition* englobe différents genres de création littéraire: rédaction, dissertation, essai, commentaire, analyse, récit, etc. Les conseils proposés ici portent surtout sur le genre de composition où vous expliquez et justifiez vos idées. C'est-à-dire une dissertation ou un essai.

Quand on écrit un *essai*, les références ou les notes savantes ne sont pas essentielles. Genre plus libre, l'essai permet d'intégrer des réflexions personnelles tout en interprétant une idée ou une notion données.

Plan d'un essai

Les grands principes de composition d'un essai en français sont à peu près les mêmes que pour un essai en anglais.

Le lecteur s'attend le plus souvent à lire une première partie, l'*introduction*, qui contient principalement l'*exposition* du problème; ensuite une deuxième partie, la *démonstration* (ou l'*élaboration*) comportant la preuve ou la série de preuves, et finalement, une *conclusion* qui montre comment la preuve confirme l'idée (ou la *thèse*) annoncée au début.

Introduction-Exposition. Avant de formuler une thèse, il faut avoir des idées (il ne s'agit pas d'inventer une théorie très compliquée!). Un peu d'originalité est souhaitable et c'est à vous, l'auteur, de la trouver. Si vous ne faites qu'affirmer ce que disent les autres, ce n'est pas une thèse; répéter ce qui est déjà évident n'intéresse personne.

> **Exemple:** Prenons comme point de départ l'histoire du «Dromadaire mécontent». On vous demande d'écrire un essai sur une idée inspirée par votre lecture de cette fable. Supposons—toujours pour illustrer l'exemple d'un processus intellectuel susceptible de produire une idée ou une thèse—que cette histoire de Prévert vous a énormément plu et que vous reconnaissez avec quel art l'auteur, tout en se servant d'animaux, a su parfaitement mettre en évidence la «bêtise» dont les humains sont capables.
>
> Cependant, après réflexion, vous constatez que l'analogie homme-animal pourrait trop valoriser l'animal au dépens de l'homme, qui, selon vous, vaut mieux que l'animal. Vous vous sentez plus «humaniste» qu' «animaliste». Peut-être aussi un peu par esprit de contradiction (la plupart des lecteurs, comme vous, n'auront-ils pas trouvé sympathique le brave dromadaire et antipathique le ridicule conférencier?), vous décidez de prendre position. Bref, voilà une idée de thèse: *On comprend mal la vraie nature des animaux en leur attribuant une identité humaine.* Alors, dans l'exposition vous annoncez que vous allez prouver l'excès de prendre une ressemblance superficielle comme prétexte pour rapprocher l'animal et l'humain. Ensuite vous donnez une brève description (une ou deux phrases) des idées que vous présenterez comme preuves.

Démonstration. Pour élaborer l'argument, il s'agit maintenant d'accumuler quelques exemples tendant à prouver votre thèse. Dans quel ordre présenter vos arguments? C'est souvent une question de jugement personnel: comment vous considérez ceux à qui vous adressez votre essai (vos camarades de classe, votre professeur, un public généralement lettré). Certains exemples pourront paraître plus importants que d'autres à vos lecteurs. Il conviendrait, alors, d'organiser vos preuves d'une manière convaincante.

> **Exemple:** Vous voudriez considérer le cas des dessins animés, mais vous trouvez que c'est trop banal et que vos lecteurs instruits seraient plus sensibles à un exemple plus érudit.
>
> Vous avez appris dans un cours de philosophie qu'à certaines époques ou dans certaines régions on croyait à l'âme des animaux et que certains penseurs défendaient les animaux comme étant aussi intelligents—sinon plus intelligents—que les humains. Alors, vous écrivez un petit paragraphe pour démontrer l'absurdité, selon vous, de cette position. Ensuite, vous donnez

quelques exemples d'histoires célèbres, fables, etc. (les *Trois Ours*, par exemple) où les animaux ont un comportement humain que vous trouvez invraisemblable. Maintenant vous ajoutez l'exemple du cinéma en citant des personnages de dessin animé (Mickey, Donald Duck, Tom et Jerry, Bugs Bunny, etc.). Votre dernier exemple sera celui des photos d'animaux vues dans des livres ou articles de revue humoristique où on juxtapose l'image d'un animal avec une citation, une phrase ou deux en langage humain, comme si les animaux savaient parler. Vous expliquez que cela vient d'une analogie entre la physionomie de l'animal et l'allure caricaturale qu'on attribue à certains types humains (un hibou qui ressemble à un sage, une autruche qui ressemble à une personne légère et peu intelligente, etc.).

Conclusion. La conclusion donne une récapitulation de vos exemples et explique comment, dans l'ensemble, ils prouvent la thèse exprimée brièvement dans l'introduction.

Exemple: Vous concluez en disant que ces cas montrent bien avec quelle fréquence on continue la convention de supposer un lien entre la psychologie humaine et le comportement animal. Vous admettez que ce procédé peut faire rire, comme dans «Le Dromadaire mécontent», et même qu'il peut nous montrer nos faiblesses et nos qualités humaines. Mais vous insistez que cette ressemblance est sans réalité et qu'on a tort de rapprocher ainsi les animaux des humains.

Evidemment, votre thèse risque de faire réagir violemment les amateurs d'animaux! Cependant, vous aurez peut-être réussi à produire une réaction. Vous aurez peut-être aussi convaincu certains lecteurs que vous avez raison. Et puis vous aurez bien démontré que vous êtes capable d'écrire un essai composé selon la logique du genre.

Pour illustrer par un autre exemple l'élaboration du plan d'un essai, prenons le cas de «Décoré!»

Introduction-Exposition. Vous avez lu «Décoré!» et on vous demande vos réactions au personnage principal. Vous trouvez que M. Sacrement n'est pas un personnage bien développé et que donc on ne peut pas vraiment éprouver beaucoup de sympathie pour lui ... et voilà votre thèse.

Démonstration. Mais attention! Contrairement à l'exemple d'un essai inspiré par «Le Dromadaire mécontent», cette fois-ci vous êtes obligé de vous appuyer non pas sur des preuves extérieures mais sur le texte même.

Vous relevez plusieurs exemples précis:
Le personnage de M. Sacrement est si peu développé qu'il devient une sorte de caricature. Nous ne savons même pas son prénom, nous savons peu de l'histoire de sa vie excepté qu'il a mal fait à l'école et qu'il s'est marié. Tous les détails que Maupassant nous fournit à propos de son personnage principal ont un rapport avec son obsession d'être décoré; les autres détails sur ses autres aspirations, ses autres sentiments, ses autres désirs, ses autres plaisirs, sont absents. Et n'est-ce pas exactement cela la définition d'une caricature? C'est l'exagération d'une caractéristique jusqu'au grotesque en réduisant l'importance des autres caractéristiques. Puisque les dimensions humaines de M. Sacrement sont si réduites il est difficile d'éprouver beaucoup de sympathie ou même beaucoup de pitié pour lui.

Conclusion. M. Sacrement mérite ce qui lui arrive et nous fait rire au lieu de susciter notre compassion parce qu'il manque la dimension humaine qui pourrait toucher un lecteur et nous faire nous identifier avec le personnage.

NOM ______________________________ DATE ____________________

Comment procéder

Ces exemples représentent donc des cas hypothétiques: d'abord comment une thèse s'exprime et s'élabore, et ensuite comment une série de preuves la démontre selon un certain ordre conventionnel. En réalité, la composition d'un essai ou d'une dissertation suit rarement cet ordre—il est presque impossible d'écrire les trois parties dans cet ordre. C'est parce que les idées ne viennent pas forcément avec la première démarche théorique (l'organisation, le plan) mais souvent au moment de la composition même, c'est-à-dire, pendant l'action d'écrire. Il faut donc persévérer en essayant de suivre votre plan mais en gardant une grande souplesse: si une nouvelle idée pertinente vous vient à l'esprit en écrivant, soyez prêt(e) à refaire votre plan. Une réorganisation peut intégrer un nouvel aspect important et mieux persuader vos lecteurs.

Voici un résumé des démarches à suivre:

1. Avant de commencer la composition, définissez bien la thèse. Ecrivez-la clairement au commencement du plan général.
2. Notez les différentes idées constituant la démonstration.
3. Commencez la composition de l'essai en élaborant vos idées. Vous allez sans doute découvrir que certaines idées sont à rejeter parce qu'elles paraissent maintenant trop marginales ou hyperboliques. Vous allez peut-être en ajouter d'autres qui ne faisaient pas partie de votre plan original mais deviennent maintenant capitales. Ceci risque d'entraîner une réorganisation de votre plan, mais peu importe si cela résulte en un essai mieux organisé. On sait trop bien que les bons écrivains préparent d'avance un plan général mais qu'il le relisent et le révisent constamment (ou même l'abandonnent totalement) en écrivant.
4. Développez la suite de la démonstration selon ces nouveaux éléments.
5. Ecrivez la conclusion et récrivez, si nécessaire, l'exposition.
6. Relisez en entier le premier brouillon. Révisez-le. Vérifiez bien:
   a. Vos idées se suivent-elles d'une manière logique et avec de bonnes transitions?
   b. L'introduction et la conclusion enveloppent-elles l'ensemble d'une façon cohérente?
   c. La qualité de votre style, la grammaire, les structures et l'orthographe sont-elles correctes?
7. Mettez de côté votre brouillon. Attendez quelques heures avant de vous relire. Une longue pause peut apporter encore de nouvelles idées ou un esprit plus critique.
8. Soumettez votre brouillon à un(e) camarade ou à une autre personne susceptible de critiquer sérieusement votre travail. Tenez bien compte de cette critique avant de rédiger la version finale.

Soyez prêt(e) à présenter à votre professeur la première version de votre plan général et à expliquer dans quelle mesure vous l'avez suivi et dans quelle mesure vous l'avez changé en rédigeant la version finale de votre travail écrit.

NOM ______________________________ DATE ____________________

Leçon 5

Exercices écrits

Le comparatif

A. Employez le comparatif pour trouver de nouvelles manières de décrire. Voici quelques phrases à modifier pour embellir les descriptions de la nature:

❖ La mer est bleue.
La mer est plus bleue que cinquante mille saphirs qui scintillent. OU
La mer est moins bleue que le pur indigo de tes yeux.

1. La pluie est forte.

   ____

2. Le tonnerre éclate bruyamment.

   ____

3. L'air est frais.

   ____

4. La neige est blanche.

   ____

5. Le soleil brille.

   ____

6. Les oiseaux chantent mélodieusement.

   ____

7. Les séquoias sont vieux.

   ____

8. Le ciel est clair.

   ____

B. Vous essayez de décider entre deux logements pour l'année prochaine: une chambre dans une résidence universitaire ou un appartement que vous partageriez avec un(e) ou deux ami(e)s. Vous avez noté les avantages et les inconvénients de chaque possibilité. Ecrivez une lettre à vos parents pour leur expliquer votre choix. Détaillez les raisons de votre choix en employant le comparatif.

résidence universitaire	*appartement*
près du campus	**pas très près**
pas très chère	**assez cher**
chambre partagée avec une autre personne	**chambre individuelle**
seulement une chambre	**plusieurs pièces**
des gens partout	**un(e) ou deux co-locataires**
peu de responsabilité financière	**beaucoup de responsabilité financière**
repas au restaurant universitaire	**repas chez nous (on devra faire la cuisine)**

____

Chers parents,

Je vous écris pour vous parler de la décision que j'ai prise en ce qui concerne mon logement pour l'année prochaine. J'ai décidé _______________

____

____

NOM ______________________ DATE ______________

Le superlatif

C. Vous allez adopter un animal. Voici les animaux que vous trouvez à la fourrière[1]. Expliquez pourquoi vous choisiriez ou ne choisiriez pas un animal en particulier en formant des phrases au superlatif avec les notions indiquées.

❖ adorable
Je choisirai peut-être Loulou parce que c'est le chien le plus adorable de tous!

mignon ______________________

____

animé ______________________

____

triste ______________________

____

affectueux ______________________

____

étrange ______________________

____

mélancolique ______________________

____

remarquable ______________________

choquant ______________________

(autre chose) ______________________

[1] *la fourrière* (f.) = "the pound."

D. Indiquez votre opinion sur les lectures que vous avez faites jusqu'ici dans ce cours. Employez le superlatif pour renforcer votre jugement sur chacune des caractéristiques suivantes.

❖ personnage détestable
Le Député Rosselin de «Décoré» est le personnage le plus détestable qui soit.
idées que vous admirez (que vous n'admirez pas)
Les idées que j'admire le moins sont celles de La Rochefoucauld.

images riches ____

____

bonnes descriptions ____

____

vocabulaire varié ____

____

style original ____

____

personnage qui a des ennuis (qui n'a pas d'ennuis) ____________________________

____

personnage qui inspire de la pitié (qui n'inspire pas de pitié) ____________________

____

décor que vous appréciez (que vous n'appréciez pas) ____________________________

____

personnage qui vit tristement ____

____

personnage qui comprend mal ____

____

Comme, comme si, un tel

E. Vous écrivez un poème en vers libres (sans rime ni rythme définis) à l'occasion de la fête des Mères. Ce poème est adressé à votre mère et contient des comparaisons qui conviennent. Employez **comme, comme si, un tel, une telle, de tels, de telles,** etc.

Maman,

Tu as toujours été ____

Pour moi tu restes encore ____

J'apprécie ton amour constant. Tout le monde devrait avoir ____________________ amour .

J'ai tant de chance d'avoir ____________________________ mère.

Quand je pense à toi c'est ____

Oh! ma mère qui m'a toujours traité(e) ____________________________________,

Je ne te dirai jamais assez que je t'aime ____________________________________.

NOM ________________________________ DATE ______________

Adjectifs qui indiquent une ressemblance ou une différence

F. Imaginez ce qu'on pourrait dire dans une lettre de remerciements pour un cadeau. Ajoutez deux ou trois phrases à ces petits mots en employant le terme proposé.

❖ *égal*

Chère Mamie[2],

Merci pour l'album de photos de notre famille. Mon plaisir de le recevoir est égal seulement au plaisir que je prendrai à le transmettre à mes éventuels petits-enfants.

Bisous,

Nicole

pareil

Chers Maman et Papa,

Merci pour l'ordinateur! J'avais vraiment besoin ______

____

Grosses bises,

____

(votre signature)

semblable

Chers amis,

Je vous écris pour vous dire combien j'apprécie le livre que vous m'avez envoyé. J'ai déjà commencé à le lire et je trouve le style ________________________

____

Je vous embrasse,

____

(votre signature)

[2] *Mamie* = Grand-mère.

différent

Cher Marc,

Comment savais-tu que j'avais besoin d'un portefeuille? Et ce portefeuille est ______________________

____

____

Amitiés,

____
(votre signature)

identique

Chère Julie,

Tu es un ange de m'avoir offert un si joli vase! Tu dois savoir que l'année dernière j'ai cassé __________

____

Gros bisous,

____
(votre signature)

même

Mon amour,

Merci pour les fleurs. L'année prochaine je voudrais

____

____

Avec tout mon amour,

____
(votre signature)

NOM ______________________ DATE ______________

Expressions verbales qui permettent une comparaison

G. Pourquoi donne-t-on aux constellations les noms qu'elles ont? Considérez les constellations suivantes. Reliez les étoiles comme vous voulez et proposez un nom pour la constellation que vous avez formée. Justifiez le choix de ce nom. Employez **ressembler à, avoir l'air (de), sembler, paraître,** etc.

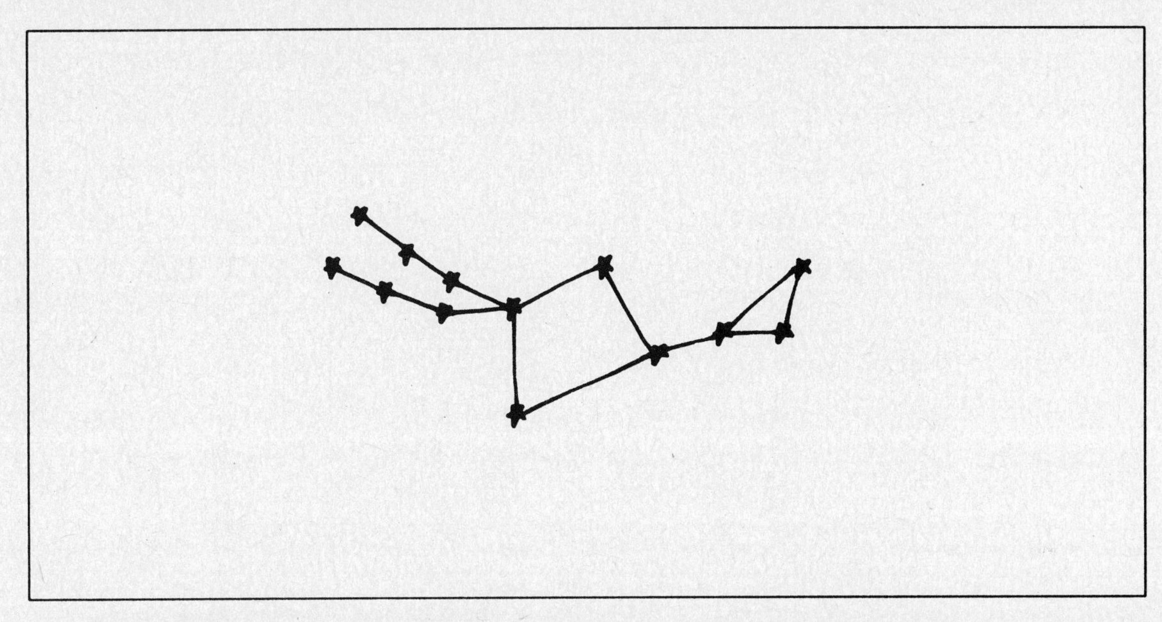

❖ **Je voudrais appeler cette constellation Peter Pan, parce qu'elle ressemble à un petit garçon qui vole. Les étoiles de gauche ont l'air de deux jambes, les quatre étoiles du centre semblent former son tronc, les trois étoiles qui sont à droite paraissent comme une tête, et la tête est reliée au tronc par un cou.**

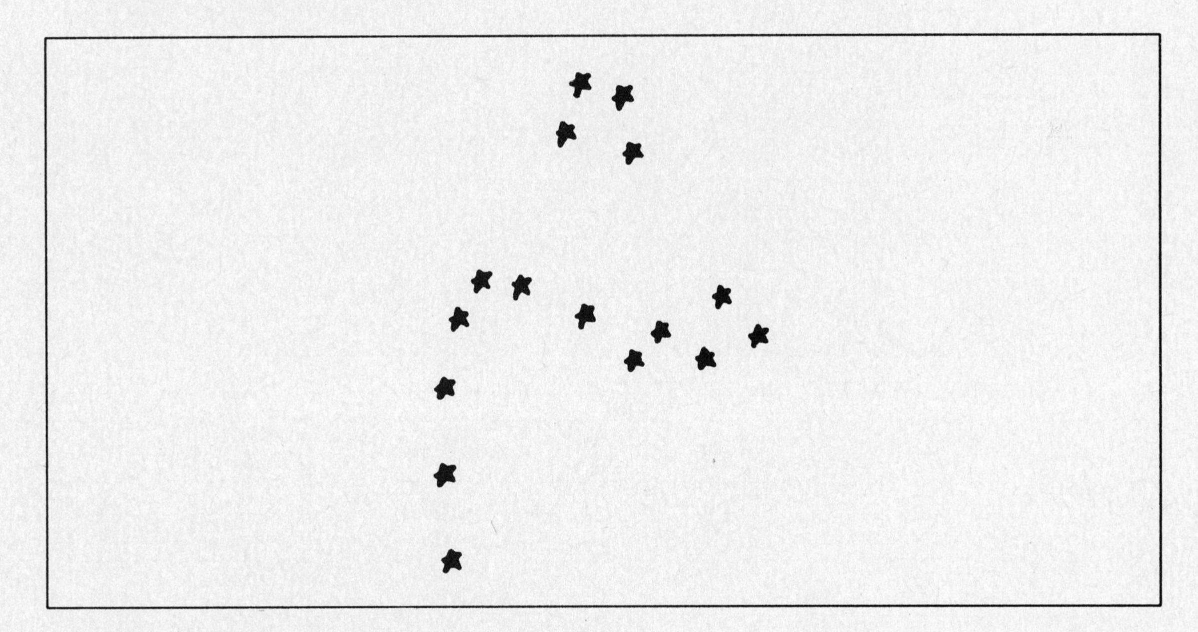

1. ____

____

____

2. ______

______

______

3. ______

______

______

NOM ______________________ DATE ______________

4. ______________________________

____

____

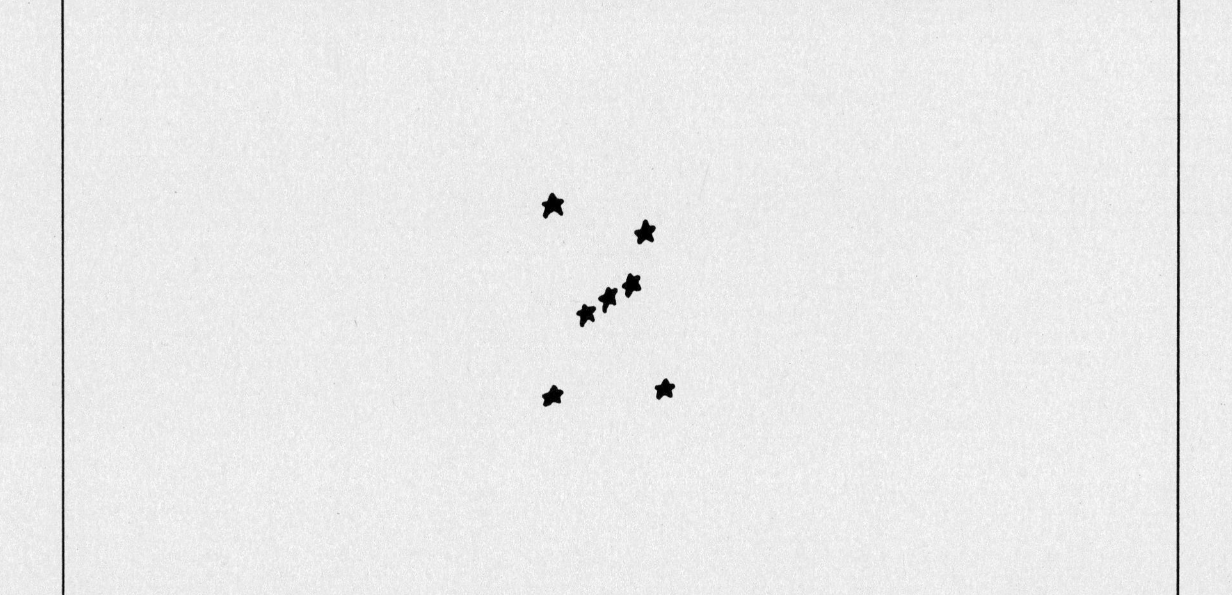

5. ______________________________

____

____

H. Vous choisissez un gâteau d'anniversaire pour votre professeur de français. On vous présente les possibilités suivantes dans un catalogue. Marquez votre réaction à chacun des gâteaux en employant **on dirait (que), rappeler, cela me fait penser à, il semble que,** etc.

1. ____

____

2. ____

____

3. ____

____

4. ____

____

5. ____

____

6. ____

____

NOM ______________________________ DATE ______________

Expressions idiomatiques qui permettent une comparaison

I. Vous assurez la rubrique «Courrier du cœur» pour le journal de votre université. Répondez à chacune de ces questions par trois ou quatre phrases en employant les expressions suivantes:

de plus en plus
de moins en moins
plus ... plus ...
moins ... moins ...
plus ... moins ...
moins ... plus ...
tel père tel fils
plus ça change plus c'est la même chose ...

❖ Mon amie dit qu'elle m'aime, mais elle continue à sortir avec d'autres hommes. J'essaie de rester patient, mais ma peine devient intolérable.
Il est évident qu'elle n'est pas sérieuse. Plus vous la poursuivrez, plus elle vous blessera. Je vous conseille de rompre avec elle.

1. Mon fiancé me bat. Mon futur beau-père bat sa femme. Y a-t-il de l'espoir pour moi?

____

____

____

____

2. Je suis très riche. Toutes sortes de femmes me poursuivent. Je ne sais pas si c'est moi qu'elles veulent ou mon argent. Devrais-je donner tout mon argent à des causes philanthropiques?

____

____

____

____

3. Je suis amoureuse d'un certain garçon mais il ne semble pas faire cas de moi. Je fais tout pour lui plaire mais il préfère toutes mes amies et me traite comme une copine. Il me raconte tous ses ennuis amoureux et ma frustration ne fait qu'augmenter. Que suggérez-vous?

____

____

____

____

4. Mon ex-fiancée m'a invité à son mariage. Je l'aime encore. Je ne sais si je pourrais supporter de la voir se marier avec un autre. Dois-je y assister?

____

____

____

____

Les constellations de l'exercice G existent réelement! Voici leurs noms:
Modèle: Pégase, 1. le Dragon, 2. la Couronne boréale 3. Lion, 4. le Grand chien, 5. Orion

NOM ______________________________ DATE ______________

Exercices de laboratoire

Dialogue

A. Complétez la phrase en indiquant un des choix proposés.

1. a. une marque de brosse à dents.
   b. une marque de dentifrice.
   c. une marque de chewing-gum.
   d. une marque de cristal.

2. a. que les hommes ne comprennent pas la publicité.
   b. que les dents sont surréalistes.
   c. qu'un dentifrice à la chlorophylle est bon pour les dents.
   d. qu'il faut se brosser les dents après avoir mangé de la salade.

«Marguerite»

B. A quelle sorte de personne s'adresse-t-on dans cette publicité?

____

____

____

____

C. Complétez les phrases suivantes en indiquant un des choix proposés.

1. a. un restaurant.
   b. une banque.
   c. un fleuriste.
   d. un parfum.

2. a. un nouveau décor.
   b. un bouquet de fleurs.
   c. un garçon.
   d. une banque.

3. a. un jeune homme.
   b. une dame qui s'appelle Marguerite.
   c. un contrôleur dans le métro.
   d. son futur beau-père.

4. a. amoureuse.
   b. choquante.
   c. dans le métro.
   d. un gentleman.

D. Voudriez-vous acheter Marguerite pour vous ou pour un(e) ami(e)? Pourquoi?

____

____

____

____

«Promotion»

E. Qu'est-ce que ce monsieur veut vous vendre?

____

____

____

____

F. Complétez les phrases suivantes.

1. *Jeune Actionnaire* est un(e) ____.
2. *Jeune Actionnaire* est destiné aux ______________________.
3. En vous abonnant pour trois mois, vous recevrez gratuitement ____.
4. Vous apprendrez comment éviter de payer ______________________.

G. Que répondez-vous à ce monsieur? Pourquoi?

____

____

____

____

NOM ______________________________ DATE ______________

«Comme après un tremblement de terre»

H. Dictée.

______________________________, je suis allée à ma chambre.

____.

____,

____

______________________________ couchant. Sans allumer les lampes,

j'ai vu ____________________ partout, ____________________, sur le

lit défait; ____________________, ____________________

que je n'avais pas rangés ______________________________.

____

______________________________ à trouver ____________ sur

mon lit pour m'allonger. ______________________________

un tremblement de terre.

I. Donnez une raison possible pour tout ce désordre.

____

____

____

____

Lecture: «La Joconde»
(page 213 dans *Liaison*)

NOM ______________________ DATE ______________

Leçon 6

Exercices écrits

Le présent pour raconter

A. Scénario de film. Employez le présent pour raconter brièvement un projet de scénario de film à trois personnages: deux femmes amoureuses du même homme ou deux hommes amoureux de la même femme. Voici une petite liste de verbes qui pourraient vous servir. Vous pouvez aussi en employer d'autres.

aimer	*comprendre*	*mentir*	*se suicider*
blesser	*crier*	*pleurer*	*sortir*
choisir	*épouser*	*rire*	*voler*

____
____
____
____
____
____
____
____
____
____
____
____
____
____
____

Le futur

B. Ecrivez à un(e) ami(e) pour l'inviter à passer le week-end chez vous. Racontez au futur qui ira le (la) chercher à l'aéroport (à la gare), où il (elle) dormira, ce que vous ferez ensemble, etc.

NOM ______________________________ DATE ________________

Le passé composé et l'imparfait

C. Remplacez les tirets par un verbe choisi de la liste au temps correct.

apercevoir	*être*	*monter*	*prendre*	*trouver*
avoir	*grandir*	*partir*	*savoir*	*tuer*
devenir	*se marier*	*pleurer*	*se sentir*	

Histoire de pirates

Les pirates ____________ sur la côte mais ils ____________ le moment où on ____________ des bateaux pas très loin sur la mer. Dans un bateau ils ____________ des trésors et ____________ tous les passagers. Plus tard ils ____________ dans un autre bateau. Là une jeune fille ____________ — une si jolie jeune fille si triste! Il n'y ____________ personne d'autre dans tout le bateau. Les pirates ne ____________ pas quoi faire, mais ____________ responsables de la jeune fille. Ils la/l' ____________ et elle ____________ leur fille adoptive. La fille ____________ avec une trentaine de pères et aucune mère. A l'âge de 21 ans elle ____________ avec le roi des pirates, pour en devenir leur reine.

D. Gastronomie. Rédigez un compte-rendu pour le journal de votre université dans lequel vous donnez vos impressions d'un restaurant près du campus. Faites la critique d'un repas que vous avez récemment pris dans ce restaurant en commentant (d'une manière favorable ou défavorable) l'ambiance, la cuisine, la carte de vins, le service, les prix, etc.

❖ **La semaine dernière je suis allé(e) au restaurant Clair de Lune, Avenue de l'Université. On m'a accueilli (e) à la porte avec un sourire et on m'a immédiatement donné une table près d'une jolie fenêtre qui donnait sur un jardin et une fontaine charmants ...**

Le conditionnel pour exprimer le futur dans un contexte passé

E. Quand vous étiez jeune, différents membres de votre famille, différents amis ou différents professeurs ont peut-être essayé de prévoir votre avenir, ce que vous feriez dans la vie. Indiquez les prédictions de cinq personnes de votre passé et notez si elles avaient raison.

❖ **Mon grand-père disait toujours que je parlerais cinq langues et que je deviendrais diplomate. Aujourd'hui je parle seulement trois langues et je ne sais pas encore si je serai diplomate.**

1. ____

____

____

2. ____

____

____

3. ____

____

____

4. ____

____

____

5. ____

____

____

Le passé simple

F. Voici un texte au passé simple. Il raconte la scène où une secrétaire décide enfin de quitter un travail qu'elle n'aime pas. Récrivez-le en employant le passé composé pour remplacer le passé simple.

La secrétaire se leva. Elle se frotta les yeux, fatigués par la lecture de dépêches. Puis, pour la première fois, dans ce vieux bureau, elle prit la parole. Elle dit qu'elle ne pouvait plus souffrir son travail. Elle prit ses vêtements et son sac, et elle quitta en claquant la porte. On ne la revit plus jamais.

____

____

____

____

____

____

____

Le discours direct et le discours indirect

G. Vous étiez dans un grand magasin et vous avez entendu cette conversation. Ajoutez vos propres pensées et racontez la conversation au discours indirect à votre mère ou à votre père dans une lettre.

La mère: Je peux t'acheter ces très belles chaussures.

Le fils: Maman, je ne pourrais jamais porter ça. Michael Jordan ne porte pas ça! Tous mes amis veulent être comme Michael Jordan, et moi aussi!

La mère: Ce n'est pas ce qu'on porte qui compte.

(Vos pensées:) ____________________

____

____

L'autre jour j'étais dans un grand magasin et j'ai entendu une conversation entre une mère et son fils. Elle lui montrait une paire de chaussures et lui a dit qu'elle ____________________

____

____

H. Imaginez un rêve dans lequel vous avez parlé avec un des personnages ou un des auteurs des lectures de *Liaison*. Transcrivez votre conversation en discours indirect passé.

❖ **François de La Rochefoucauld s'est approché de moi en disant qu'il ne comprenait pas les jeunes d'aujourd'hui. Alors je lui ai répondu que j'étais moi-même un(e) de ces jeunes et que s'il avait le temps, je pourrais tout expliquer. Il m'a ainsi demandé ...**

NOM ______________________ DATE ____________

Il s'agit de ...

I. Votre correspondant(e) francophone vous demande de lui parler de votre livre de français. Dans votre lettre, vous décrivez trois ou quatre lectures et deux ou trois photos que vous avez appréciées. Employez **il s'agit de** pour indiquer le sujet de chaque élément que vous choisissez.

❖ **Il y a une lecture intitulée «Exercices de style», dans laquelle il s'agit d'un même événement, très ordinaire, mais raconté de plusieurs styles différents.**

Adverbes de transition

J. Journaliste pour *Ouest-France*, vous êtes responsable de la page des faits divers. Voici les événements d'un accident. Classez-les par ordre chronologique et puis rédigez un petit article qui raconte l'accident. Employez beaucoup d'adverbes de transition: **d'abord, ensuite, puis, plus tard, enfin,** etc.

—une famille est arrivée au carrefour.
—on a appelé une ambulance.
—les parents ont commencé à traverser.
—une petite voiture de sport venant de l'autre direction ne s'est pas arrêtée.
—tout était calme.
—la voiture de sport a frappé le père.
—le conducteur est descendu de la voiture
—l'ambulance est arrivée.

____
____
____
____
____
____
____
____

Se rappeler et se souvenir

K. Votre meilleur(e) ami(e) se marie. Vous allez offrir un toast. Pour préparer votre petit discours, vous notez vos idées: indiquez cinq choses que vous vous rappelez à propos de votre ami(e). Employez les verbes **se rappeler** et **se souvenir,** suivis de noms et de propositions.

❖ **Je me rappelle que quand nous étions très jeunes, nous allions toujours derrière la colline près de chez moi pour jouer à cache-cache.**

1. ____
____
2. ____
____
3. ____
____
4. ____
____
5. ____
____

NOM ____________________ DATE ____________

Exercices de laboratoire

Dialogue

A. Complétez la phrase en indiquant un des choix proposés.

1. a. d'une expérience chimique.
   b. d'un collègue malade de la rougeole.
   c. du travail du professeur Tchowalçmnski.

2. a. a déjà transformé le monde.
   b. a fait mal aux oreilles du professeur.
   c. a changé de couleur.

«Fiesta»

B. D'après ce reportage, voudriez-vous aller voir ce film?

____

____

____

C. Complétez la phrase en indiquant un des choix proposés.

1. a. de la musique.
   b. des interprétations sensationnelles.
   c. des fautes de français.

2. a. trouvé des Américains pour travailler dans certains rôles.
   b. rendu la scène bleue.
   c. un nom très français.

3. a. ne pourrait jamais réussir.
   b. mérite l'attention de l'Organisation des Nations Unies.
   c. est extraordinaire.

D. Pour quelles raisons le critique recommande-t-il ce film?

____

____

____

«Victoire sur la glace»

E. Donnez une des raisons pour lesquelles les Voyageurs ont perdu si lamentablement.

____

____

____

F. Complétez les phrases suivantes.

1. Le sport dont il s'agit ici est ______________________
2. Les Pingouins ont gagné par un score de ______________________
3. Les trois meilleurs joueurs n'ont pas ______________________
4. Grâce à cette victoire, les Pingouins sont ______________________

G. Quelle serait votre réaction si vous étiez le frère ou la sœur de Jacques Gagnier?

____

____

____

____

«Le bébé»

H. Dictée.

Allô! je suis si contente ______________________. ____________

____;

____. Alors,

écoute bien: ______________________ Bernice; elle

______________________. C'est ______________.

Il ______________________, mais il paraît que pendant

l'accouchement ______________________. Les médecins

______________________ et ______________ à

neuf heures vingt-trois ______________________.

Il pèse quatre kilos, ______________________. Bernice va

très bien, et ______________________

____.

Elle ______________________. Tu ______________

______________? Merci. A bientôt, alors!

NOM ______________________________ DATE ________________

I. Quel message laisserez-vous sur le répondeur de vos parents? (Limitez-vous à trois phrases: leur machine a une limite de 30 secondes par message.)

____

____

____

Lecture: «Une abominable feuille d'érable sur la glace»

(page 258 dans *Liaison*)

NOM ______________________________ DATE ____________________

Leçon 7

Exercices écrits

La concordance des temps composés

A. Que savez-vous sur les Présidents des Etats-Unis? Finissez les phrases avec l'imparfait dans le premier blanc et le plus-que-parfait dans le deuxième. Soyez logique.

1. John F. Kennedy est mort parce que ______________________________
   et parce que ______________________________
2. Le Président a gagné les dernières élections parce que ______________________________
   et parce que ______________________________
3. Richard Nixon a démissionné parce que ______________________________
   et parce que ______________________________
4. On adorait Franklin Delano Roosevelt parce que ______________________________
   et parce que ______________________________
5. Lorsque George Bush est devenu Président ______________________________
   et ______________________________
6. Les Américains savaient que George Washington ______________________________
   et qu'il ______________________________

B. Classez les deux événements par ordre chronologique en employant le temps composé qui convient.

❖ Roméo est tombé amoureux de Juliette. Juliette s'est suicidée.
Quand Juliette s'est suicidée Roméo était déjà tombé amoureux d'elle.

1. Adam et Eve ont été expulsés du jardin d'Eden. Ils ont mangé la pomme.

   ____
2. On a exécuté Louis XVI et Marie Antoinette. La Révolution a commencé.

   ____
3. Henri VIII s'est marié avec Anne Boleyn. Il l'a fait exécuter.

   ____
4. Vous aurez des enfants. Vous aurez des petits-enfants.

   ____
5. On apprend à lire. On apprend à parler.

   ____
6. Un architecte dessine un bâtiment. Les ouvriers bâtissent le bâtiment.

   ____

C. Trivia. Indiquez ce qui précède, ce qui a précédé ou ce qui précédera les événements, en employant un verbe au temps composé qui convient ou l'infinitif passé, selon le cas.

❖ Quand Christophe Colomb est mort **il avait déjà découvert l'Amérique.**

1. La première femme qui deviendra présidente des Etats-Unis ______________________
2. Normalement quand on fait la vaisselle on ______________________
3. Les immigrants qui sont arrivés à Ellis Island ______________________
4. Quand la famille royale russe a disparu en 1917 ______________________
5. Les gens qui habiteront sur Mars ______________________
6. Quand on reçoit son diplôme ______________________
7. Je m'étonne que ______________________
8. Un Américain serait choqué de ______________________
9. Les enfants ne croient pas que ______________________
10. Peter Pan était fier de ______________________

D. Un naufragé raconte son histoire aux gens qui l'ont sauvé. Finissez les phrases en employant au temps indiqué le verbe de votre choix. Soyez logique et ajoutez d'autres mots si vous voulez. Vous pouvez choisir parmi les verbes suivants ou employer d'autres verbes de votre choix: **boire, s'endormir, être, passer, se réveiller, sauver, vivre.**

(infinitif) Je suis choqué de ______________________!

(plus-que-parfait) J'ai fait naufrage parce que le capitaine du bateau ______________________

____

(passé du subjonctif) Tout le monde se plaint que le bateau ______________________

____

(subjonctif présent) Je suis simplement heureux que vous ______________________

(infinitif passé) Je me souviendrai toujours de ______________________

E. Vous donnez des conseils à un étudiant de lycée qui voudrait être admis dans votre université. Expliquez-lui ce qu'il(elle) doit faire pour se préparer et, comme illustration de ce que vous dites, parlez de votre propre expérience. Employez le passé composé, le plus-que-parfait, le conditionnel passé et le passé du subjonctif. Vous pourriez également vous servir du futur antérieur dans des citations directes.

❖ **Un étudiant qui veut être admis à cette université a probablement déjà suivi un programme d'études assez rigoureux, mais il n'est pas nécessaire que vous ayez choisi votre spécialité avant de commencer vos études ici....**

Expressions de durée

F. Remplacez les tirets par le mot approprié que vous choisirez dans la liste suivante: **cela fait, depuis, en, il y a, il y a ... que,** jusque + préposition, **jusqu'à ce que, pendant, voilà.**

Gâté par la technologie?

Le monde change tellement vite ces jours-ci! Il y a tant d'inventions que je n'avais pas à la maison _______________ dix ans. Le magnétoscope, par exemple: _______________ sept ans que cette invention se trouve chez moi. Nous avons un four à micro-ondes _______________ 1989. _______________ deux ans et demi que nous avons un répondeur. _______________ cinq ans que j'ai mon ordinateur; j'ai utilisé un vieil ordinateur _______________ quatre ans et maintenant nous avons un nouvel ordinateur. Je n'ai pas encore de téléphone cellulaire, mais je vais en acheter un bientôt, j'espère. Ou peut être que j'attendrai _______________ cela devienne beaucoup moins cher.

G. Dans sa réponse à votre dernière lettre, votre correspondant(e) francophone vous a demandé de lui raconter votre vie. Ecrivez-lui en évoquant votre vie passée, présente et future. Employez les expressions de temps comme **depuis, il y a (il y avait) ... (que), voilà ... que, cela fait (faisait) ... que, pendant, jusqu'à (ce que).**

NOM ______________________________ DATE ______________

Expressions de simultanéité

H. Une panne d'électricité fait arrêter un ascenseur entre deux étages. Décrivez la scène. Pour indiquer ce que les passagers font en même temps, employez la construction **en +** participe présent et des expressions comme **en même temps, pendant que, à la fois, tandis que, alors que.**

Coincés dans l'ascenseur

____

____

____

____

____

____

____

____

____

____

______________________________,

____

____

____

____

____

____

____

____

____

____

I. Vous devez travailler vingt heures par semaine dans un emploi à mi-temps. Pour déterminer quand vous pouvez travailler, vous écrivez votre emploi du temps universitaire. Parlez-en dans une note à votre patron en employant **avant (de), après, avant que, après que, quand, lorsque, dès que, aussitôt que.**

	le lundi	le mardi	le mercredi	le jeudi	le vendredi	le samedi
8 h						
9 h						
10 h						
11 h						
12 h						
13 h						
14 h						
15 h						
16 h						
17 h						
18 h						

NOM ______________________ DATE ______________

J. Finissez les phrases dans cette histoire (continuation de l'exercice D).
Le naufragé parle aux gens qui l'ont sauvé de l'eau:

Ah! Vous voulez faire une fête en mon honneur! Merci! Nous mangerons et boirons aussitôt que

____.

Et nous danserons ensemble lorsque ______________________.

J'étais presque mort avant que ______________________

et je voudrais vous remercier tous avant de ______________________.

Je me souviendrai de vous quand ______________________

et j'espère que vous vous souviendrez de moi après ______________________.

Autres expressions de temps

K. Description de votre vie scolaire. Indiquez quand les événements suivants ont eu lieu, quand ils auront lieu, ou combien de temps ils prennent. Employez dans votre réponse **dans, en** ou **il y a.**

❖ (on) fonder cette université ...
On a fondé cette université il y a cinquante ans.
L'année scolaire (être finie) ...
L'année scolaire est normalement finie en neuf mois.

Le trimestre/semestre prochain (commencer) ______________________

____

Je (arriver à cette université) ______________________

____

Je (commencer mes études) ______________________

____

Je (terminer mes études) ______________________

____

Je (lire un best-seller) ______________________

____

Je (écrire une composition) ______________________

____

Les examens de fin de semestre / trimestre (commencer) ______________________

____

Je (pouvoir aller de chez moi jusqu'à mon cours de français) ______________________

____

Les dernières vacances (terminer) ______________________

____

Verbes qui indiquent la chronologie

L. Classez par ordre chronologique les guerres et les personnages suivants en employant les verbes **précéder, venir avant, suivre, venir après, succéder à.**

❖ La guerre des Boers et la seconde guerre mondiale
La seconde guerre mondiale est venue après la guerre des Boers.

1. La Révolution américaine et la Révolution française

 ____

2. La Révolution russe et la guerre au Viêt-nam

 ____

3. La guerre du Golfe et la première guerre mondiale ("la Grande Guerre")

 ____

4. La Révolution espagnole et la guerre des étoiles

 ____

5. Louis XIV et Louis XV

 ____

6. Jules César et Napoléon

 ____

7. François Mitterrand et Valéry Giscard d'Estaing

 ____

NOM ______________________ DATE ______________

Exercices de laboratoire

Dialogue

A. Complétez la phrase en indiquant un des choix proposés.

1. a. elle ne la comprend pas.
   b. elle croit déjà à la PES.
   c. elle est douée elle-même de PES.

2. a. est habillée en noir.
   b. est mariée avec un de ces deux hommes.
   c. essaie d'expliquer l'humour de la bande dessinée.

«L'ivrogne»

B. Quelle est l'attitude du narrateur vis-à-vis de l'ivrogne?

____

____

C. Complétez les phrases suivantes en indiquant un des choix proposés.

1. a. vient de boire du vin.
   b. veut faire pitié aux clients.
   c. s'est cassé la jambe.

2. a. peur des ténèbres.
   b. une belle voix de bariton.
   c. sa place au café.

3. a. en revendant des bouteilles vides.
   b. dans sa cabane.
   c. comme garçon au café.

4. a. emmerder l'ivrogne.
   b. aider l'ivrogne.
   c. casser le corps de l'ivrogne.

D. Qu'est-ce que le narrateur veut dire dans la dernière phrase: «il nous permettait un instant d'oublier nos propres problèmes»?

____

____

____

____

«Rendez-vous»

E. Qu'est-ce que votre copine veut que vous fassiez?

____

____

F. Répondez aux questions suivantes.

1. Elle veut me voir ____
2. Le Danton doit être ____

G. Quelle sera votre réponse quand vous rappellerez votre copine?

____

____

____

____

«Sauvetage»

H. Dictée.

Mesdames, Mesdemoiselles, Messieurs:

____, ce soir, les deux pêcheurs
bretons ____ en pleine mer.
____ ils
____ dans leur bateau
accidenté ____.
Apparemment ____
____ un gros navire
______________________________________ près d'eux sans les voir ni les entendre.
____ ce soir par un bateau de la
police côtière ____.
Ce sauvetage ____,
____ d'une
zone très dangereuse. ____
____.

NOM ______________________ DATE ______________

I. Quelles sont les premières choses que ces deux pêcheurs ont probablement fait après avoir été sauvés?

____

____

____

____

Lecture: «Au sud de Pékin»

(page 293 dans *Liaison)*

NOM ______________________________ DATE ________________

Leçon 8

Exercices écrits

La négation

A. Dialogue entre un végétarien et quelqu'un qui ne l'est pas. Finissez les phrases incomplètes en employant la négation. Faites attention à l'emploi de l'article.

❖ *L'un:* J'aime les légumes.
L'autre: **Je n'aime pas les légumes. Je mange de la viande.**
L'un: **Je ne mange pas de viande. Je suis végétarien.**

L'autre: Chez moi on adore la viande.

L'un: Chez moi on ______________________________

L'autre: Pour le déjeuner je mange du rosbif.

L'un: Moi, je ______________________________

L'autre: Je mange du porc.

L'un: Moi, je ______________________________

L'autre: Et je mange du poulet.

L'un: Moi, je ______________________________

L'autre: J'adore la soupe de poulet.

L'un: Moi, je ______________________________

L'autre: Je prépare un bon steak au poivre.

L'un: Moi, je ______________________________

L'autre: Pour moi, la côtelette de veau, c'est un plat délicieux.

L'un: Pour moi, la côtelette de veau, ______________________________

B. Dispute entre deux personnes qui vont divorcer. Employez les termes négatifs qui correspondent aux mots en italique.

❖ *Elle:* Moi, je fais ***toujours tout*** dans la maison, mais lui, ***il ne fait jamais rien.***

Elle: Moi, je suis gentille avec *tout le monde*, mais lui, ______________________________

____!

Lui: Moi, je fais *toujours* la vaisselle, mais elle, ______________________________

____!

Elle: Il est si nerveux . . . il veut aller *partout*! Moi, je suis calme, je______________________

____!

Lui: Moi, je mange *tout*, et normalement, mais elle, elle est anorexique et elle______________

____!

Elle: Je veux avoir *beaucoup d'*enfants, moi, mais lui, il______________________________

____!

Lui: Moi, je lui ai acheté *des cartes et des cadeaux*, mais elle, elle______________________

____!

Elle: Je pensais qu'il m'aimait *encore*, mais maintenant je sais qu'il____________________

____!

Lui: Ma maîtresse veut savoir si nous sommes *déjà* divorcés, mais j'ai besoin de répondre que nous____

____!

Elle: Lui, il pense que *tout le monde* est d'accord avec lui, mais moi je sais que______________

____!

Lui: Moi, je dis *la vérité et la vraie histoire*, mais elle, elle__________________________

____!

C. Faites la contradiction des affirmations suivantes à propos du tableau. (*Le Berceau*, 1872, de Berthe Morisot, au Musée d'Orsay)

Il y a plusieurs animaux sauvages dans le décor.

____

____

Ils sont au cirque ou à la bibliothèque.

____

____

Le bébé a déjà deux ans.

____

____

Quelqu'un est sur les genoux de la dame.

____

Le bébé mange quelque chose.

____

D. Vous écrivez des pancartes pour une manifestation contre une injustice de votre choix (construction de centrales nucléaires, abus de plantes dans la recherche médicale, etc.). Employez des termes négatifs choisis parmi les termes suivants: **personne, rien, jamais, plus, pas encore, nulle part, aucun(e), ni ... ni.**

❖ **Ne bâtissons plus de centrales nucléaires!**
Nous ne voulons ni Three Mile Island ni Chernobyl!

1. ______________________________
2. ______________________________
3. ______________________________
4. ______________________________
5. ______________________________
6. ______________________________

Le subjonctif avec les expressions d'incertitude ou de doute

E. Vous écrivez une lettre à une maison d'édition française pour contester les idées exprimées dans la préface d'un livre sur les Américains. Employez des expressions d'incertitude ou de doute:

ne pas penser que ...

ne pas croire que ...

ne pas trouver que ...

il n'est pas probable que ...

il n'est pas possible que ...

douter que ...

> Dans ce livre vous apprendrez pourquoi les Américains aiment tous le lait, pourquoi ils sont tous puritains, pourquoi ils ont peur de tout ce qui touche à la sexualité. Vous comprendrez pourquoi, au contraire, ils n'ont pas peur de la violence—pourquoi ils admirent tous John Wayne et les personnages de fantaisie de Sylvester Stallone, personnages qui embrassent la violence et la force comme unique moyen pour atteindre leur but. Vous verrez pour quelles raisons dans le monde entier on trouve les Américains insolents et mal-élevés.

____________________ ____________________

____

____

Les Editions de midi
342, rue Saint Jacques
75005 Paris

____

Je me permets de vous écrire à propos de votre nouveau livre, *A la recherche de l'Amérique*, dans lequel il y a, à mon avis, un grand nombre d'affirmations contestables sinon complètement fausses. Permettez-moi de mentionner pour commencer le premier paragraphe de la préface. Je ne crois pas, comme le prétend l'auteur, que les Américains aiment tous le lait. ____________________

____

____

____

____

(formule finale)

Conjonctions et adverbes

F. Réfutez les critiques du tableau de l'exercice C à la page 119. Employez le terme entre parenthèses.

❖ Ce tableau n'a rien de moderne. (d'une part ... d'autre part)
D'une part ce tableau n'a rien de moderne, d'autre part le thème est universel.

Ce n'est pas un bon tableau parce que le sujet est banal. (pourtant)

On ne voit pas clairement les visages. (bien que)

Mais l'artiste est une femme! (quoique)

Ce tableau me paraît trop bourgeois. (par contre)

Il n'y a pas de commentaire social! (d'un côté ... de l'autre)

Je ne veux pas aller jusqu'au musée d'Orsay pour voir un tableau! (cependant)

De toute façon, ce n'est qu'un tableau impressionniste. (malgré)

G. Voici ce que pourraient affirmer les gens qui voudraient qu'on administre un test pour les drogues à toutes les personnes qui veulent passer ou renouveler leur permis de conduire. Répondez à ces affirmations catégoriques en employant le terme entre parenthèses.

❖ Le test pour les drogues nous assurera que les drogués ne tueront plus les innocents. (bien que)
Bien que le test pour les drogues nous assure que les drogués ne tueront plus les innocents, on ne peut pas permettre cette atteinte aux droits de l'individu.

1. Ceux qui prennent des drogues ne devraient pas avoir le droit de conduire. (cependant)

____

____

____

2. Les tests permettront au gouvernement de savoir qui prend des drogues illégales. (pourtant)

____

____

____

3. Nous pourrions ainsi contrôler les drogués. (quoique)

____

____

____

4. Personne ne devrait prendre de drogues. Ce programme de tests influencera ceux qui en prennent à ne plus en prendre. (bien que)

____

____

____

5. Le gouvernement devrait montrer aux citoyens ce qu'il ne faut pas faire. (par contre)

____

____

____

NOM ______________________________ DATE ______________

Adjectifs qui indiquent qu'une chose ou une idée est correct ou incorrecte / Verbes qui portent sur le jugement d'une personne

H. Vous écrivez une publicité de télé pour un candidat qui critique le programme politique de son adversaire. Employez **incorrect, inexact, mauvais, faux , avoir tort, se tromper, mentir** et **ne pas être d'accord.**

Son adversaire propose:

d'abolir le droit de vote des femmes

de taxer les heures de télévision regardées dans chaque domicile

de taxer les écoles publiques

de bâtir des ponts entre votre état et l'état voisin

de ne plus construire de routes automobiles dans les villes

de forcer les jeunes gens de 18 ans à travailler dans la police ou dans l'armée

de forcer tous les résidents à aller voir le médecin deux fois par an

de fermer les magasins le dimanche

____

____

____

____

____

____

____

____

____

____

Prépositions

I. Voici le code de conduite dans une résidence d'étudiants. Indiquez les exceptions en employant le terme indiqué.

❖ (excepté) Ne faites pas de bruit après 11h du soir.
Ne faites pas de bruit après 11h du soir excepté le samedi et le dimanche.

(sauf) Ne repeignez pas votre chambre.

____

____

(à part) Ne stationnez pas dans les zones rouges du parking.

____

____

(excepté) Laissez votre vélo dans le garage.

____

____

(au lieu de) Limitez vos douches à cinq minutes.

____

____

(au lieu de) Le dimanche on peut déjeuner à 10 heures.

____

____

NOM ______________________ DATE ______________

Exercices de laboratoire

Dialogue

A. Complétez la phrase en indiquant un des choix proposés.

1. a. à propos de ce que fait le couple qu'ils regardent.
   b. sur comment jouer aux cartes.
   c. à propos des pommes qu'on peut trouver à la carte.
   d. sur le nombre de cartes sur la table.

2. a. l'un parle de sa famille, l'autre parle de la fresque.
   b. les deux ne parlent pas la même langue.
   c. l'un parle de la fresque, l'autre parle du couple devant le mur.
   d. l'un parle du couple devant le mur, l'autre parle des serveurs du café.

«Du parc au palais»

B. Quelles différentes identités avez-vous attribuées à cet homme en écoutant son histoire?

____

____

C. Complétez la phrase en indiquant un des choix proposés.

1. a. n'a plus de cerveau.
   b. ne se rappelle rien.
   c. se trouve extrêmement élégant.
   d. se croit PDG d'une grande société.

2. a. a perdu son mari dans un accident d'avion.
   b. a perdu la mémoire.
   c. a perdu un télégramme.
   d. pensait que son mari était mort.

3. a. pilote d'avion.
   b. facteur.
   c. psychiatre spécialisé en amnésie.
   d. PDG de la compagnie.

4. a. que Jean vient de sortir de la jungle.
   b. qu'il fait beau dans la jungle.
   c. que Jean est mort.
   d. que Jean a dix ans.

D. A votre avis, que fera la femme après avoir reçu ce télégramme?

____

____

____

«Discours politique»

E. Quel est le but de ce discours?

____

____

F. Complétez les phrases suivantes.

1. Le monsieur dit qu'il est ____________________.
2. Il blâme ____________________.
3. Il avertit le public de ne plus ____________________.

G. Imaginez ce dont on accuse cet homme politique.

____

____

____

____

«Le précieux vase japonais»

H. Dictée.

Lucien venait de casser ____________________.

____

____

____________________, il a attendu le retour de sa mère, dans la salle de bains.

Tout d'un coup il ____________________:

«LUUUUUUUUUUCIEN!»____________________.

____,

______________________________ . __________,

____

______________________________: «__________, non, non, maman,

____.

____

____________________ . ____________________!

______________________________.» _______________

______________________________, pendant un mois.

NOM ______________________ DATE ______________

I. Pourquoi le stratagème de Lucien n'a-t-il pas marché?

____

____

____

____

Lecture: «Imprécation»

(page 338 dans Liaison)

Leçon 9

Exercices écrits

L'impératif

A. Laissez un mot à quelqu'un qui s'occupera de votre appartement/maison/chambre pendant votre absence. Dites-lui:

de descendre la poubelle le lundi et le jeudi

de donner à manger au chat tous les matins

combien de fois par semaine arroser les plantes

de faire suivre vos lettres

de se souvenir de verrouiller la porte du garage

de ne pas se mettre en colère si les voisins font du bruit ... ils sont vraiment très gentils

de nettoyer le frigo toutes les deux semaines

de payer la note de téléphone mais de vous laisser la note d'électricité

de vous téléphoner en cas d'urgence (indiquez le numéro de téléphone)

____

Cher ami,

Merci d'avoir accepté de t'occuper de mon logement pendant mon absence. Voici mes recommandations que tu suivras, je l'espère. D'abord ____________

____

____

B. Ecrivez le mode d'emploi d'un appareil électrique ou autre que vous utilisez fréquemment. Cela pourrait être un ordinateur, un magnétoscope, un appareil de chauffage, un appareil-photo ou autre chose. Expliquez comment l'employer: ce qu'on doit faire et ce qu'on ne doit pas faire. Employez l'impératif. Les verbes suivants pourront vous aider:

allumer	**cliqueter**	**se méfier (de)**
appuyer (sur)	**débrancher**	**mettre en marche**
arrêter	**ne pas s'en faire**	**mettre en mouvement**
s'arrêter de	**éteindre**	**presser**
attendre	**ne pas être**	**se souvenir de**
ne pas avoir	**ne pas laisser tomber**	**ne pas toucher**
brancher	**marquer**	**tourner**

❖ **D'abord, branchez l'appareil....**

____

____

____

____

____

____

____

____

____

____

____

____

NOM ______________________________ DATE ______________

Le subjonctif avec les expressions de nécessité et de volonté

C. Avant de se marier un couple va quelquefois voir un pasteur, un prêtre ou un rabbin. Si vous deviez leur parler que diriez-vous? Choisissez parmi les possibilités suivantes et formez des phrases avec les débuts donnés.

attendre avant d'avoir une famille	**ne pas se coucher après une dispute**
avoir des enfants	**ne pas s'isoler**
discuter souvent	**ne pas trop travailler**
être indulgents l'un envers l'autre	**se réconcilier vite après une dispute**
faire partie de la communauté	**se respecter toujours**
ne pas oublier leurs parents	**venir vous voir s'ils ont des questions**

Avant de vous marier, mes amis, je suggère que ______________________________

Je veux que ______________________________

Il vaut mieux ______________________________

mais il est aussi indispensable que ______________________________

Je recommande que ______________________________

Il est également souhaitable ______________________________

Je vous conseille de ______________________________

Et si vous voulez, j'accepte que ______________________________

D. Vous représentez un groupe qui s'oppose à l'exploitation des animaux dans les recherches scientifiques ou à une autre injustice. Faites des pancartes que votre groupe emploiera pour une manifestation et remplissez les blancs.

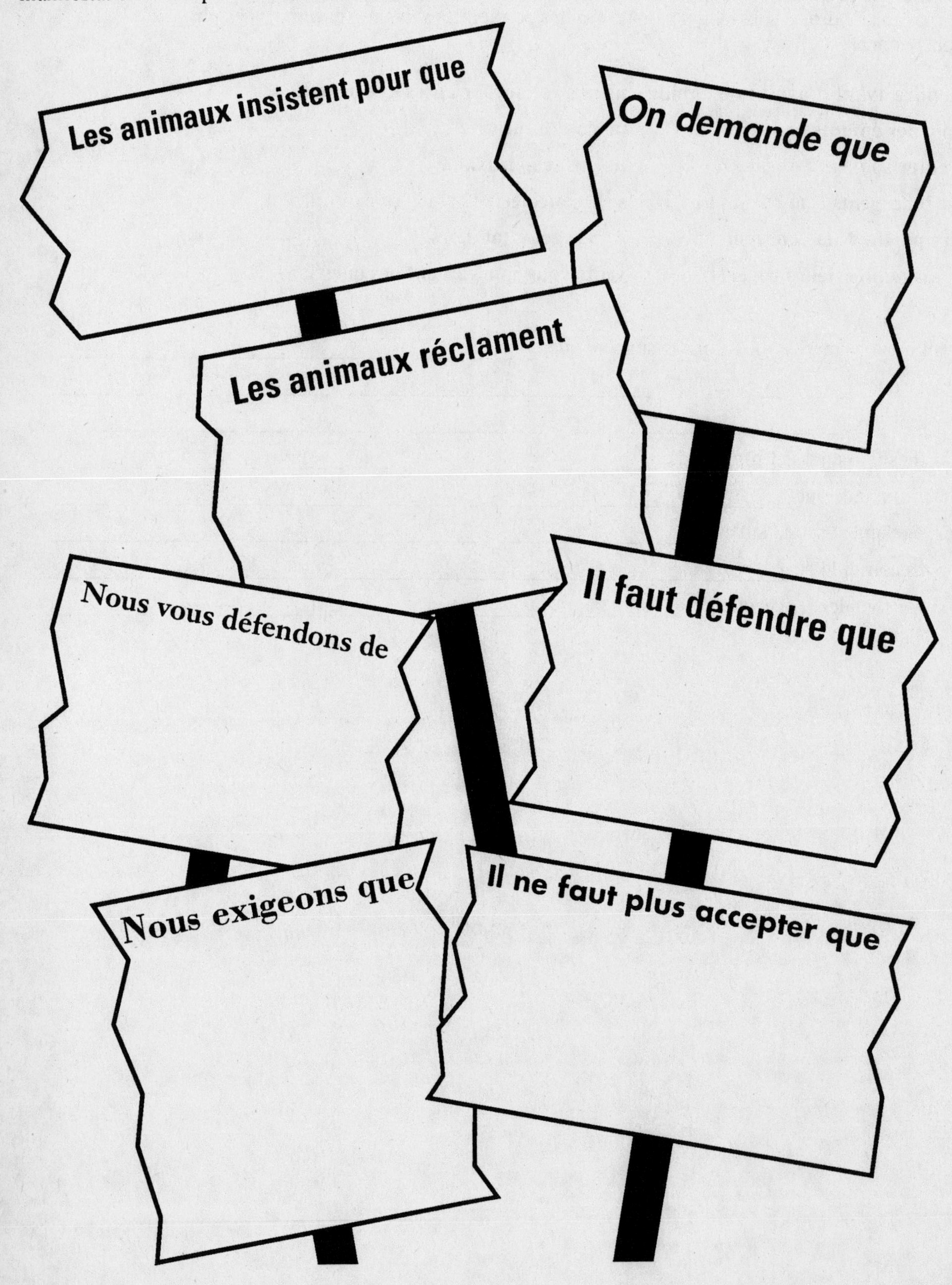

NOM ______________________ DATE ______________

E. Ecrivez une lettre à un(e) ami(e) qui se décourage parce qu'il (elle) ne trouve pas d'emploi. Encouragez-le(la) en remplissant les blancs.

____

Cher/Chère ______________________,

Je sais qu'il y a plus d'un mois que tu cherches activement du travail. Il est facile de se décourager quand on ne trouve pas assez vite ce qu'on cherche, pourtant il est nécessaire ______________________

____

Il vaut mieux que ______________________

____

mais je suggère que ______________________

____

Accepte de ______________________

____

et surtout il faut que ______________________

____

____

____

Autres façons de donner des ordres

F. Ecrivez cinq instructions qu'on pourrait trouver sur une bouteille de médicaments. Employez l'infinitif.

❖ **Ne pas laisser à la portée des enfants.**

____

____

____

____

____

G. Employez le futur pour donner des conseils et vos recommandations à un groupe d'étudiants français qui arrivera dans votre ville pour un séjour de deux semaines. Dites-leur de:

retrouver leurs bagages à l'aéroport

vous chercher à la consigne

attendre la famille qui les accueillira

rentrer avec leur famille

prendre le dîner en famille

se reposer bien ce soir-là

être prêts à partir en excursion le lendemain

inviter des membres de leur famille américaine à les accompagner s'ils veulent

Chers amis,

____

____

____

____

____

____

____

____

____

____

____

H. Employez **Que** + proposition au subjonctif pour noter cinq messages qu'on pourrait mettre sur des cartes de vœux de nouvel an.

❖ **Que tout soit comme vous le désirez cette année.**
Que nous ayons la santé!

1. ____
2. ____
3. ____
4. ____
5. ____

NOM ______________________ DATE ______________

Devoir, avoir besoin de, avoir à

I. Donnez vos conseils aux personnes suivantes. Employez les termes proposés.

❖ Je voudrais être pianiste virtuose. (avoir à)
Vous aurez à pratiquer.

Je voudrais écrire un best-seller. (avoir besoin de + *infinitif*)

____

____

Je voudrais apprendre à nager. (devoir *au présent*)

____

____

Je voudrais être bien habillé. (devoir *au conditionnel*)

____

____

Je suis tombée en faisant du ski. (devoir *au conditionnel passé*)

____

____

Je voudrais devenir un citoyen américain. (être obligé)

____

____

Je voudrais préparer votre dessert favori. (avoir besoin de + *nom*)

____

____

Ordres et interdictions généraux

J. Imaginez des écriteaux qui pourraient figurer dans les endroits suivants. Evitez l'impératif en utilisant des formules fixes comme **prière de, défense de, il est interdit de, on est prié de,** etc.

❖ devant un hôpital
Ne pas faire de bruit. OU
Prière de garder le silence.

1. dans un restaurant

   ____

2. devant un bâtiment commercial

   ____

3. dans un parc

   ____

4. dans un zoo

   ____

5. à la plage

____

6. sur la porte de la chambre d'un adolescent

____

7. chez le médecin

____

8. dans un cinéma

____

9. dans le métro

____

10. dans une patinoire

____

Pour atténuer la force de l'ordre

K. Votre oncle Léon fume trop. Comme sa santé n'est pas très bonne, vous lui écrivez en lui demandant de s'arrêter de fumer et en lui disant pourquoi et comment le faire. C'est une lettre gentille mais convaincante. Remplacez les blancs selon votre imagination.

____

____

Mon cher oncle Léon,

Je m'inquiète pour toi. Tu fumes tant! S'il te plaît,

____

Je te prie ______________________________________

____

Tu es mon oncle préféré et je veux passer encore beaucoup d'années avec toi. Je te supplie ____________________

____

____

Ça me ferait plaisir si ____________________________

____

____

____

____

NOM ______________________ DATE ______________

Pour indiquer la permission

L. Quelles règles y avait-il quand vous étiez petit(e)? Indiquez-en une demi-douzaine en employant **pouvoir, laisser** et **permettre.**

❖ **On ne me laissait pas nager si j'étais malade.**

1. ______________________
2. ______________________
3. ______________________
4. ______________________
5. ______________________
6. ______________________

Faire causatif

M. On fait l'interview de Monsieur Richard qui a beaucoup d'employés (bonne, chauffeur, chef, jardinier, secrétaire, valet ...). Au lieu de faire les choses lui-même il les fait faire par ses employés. Indiquez les réponses que fait Monsieur Richard en employant **faire** causatif.

❖ *Question:* Ecrivez-vous des lettres?
Réponse: **Non, je les fais faire à mon secrétaire.**

Question: Faites-vous votre lit?
Réponse: ______________________
Question: Nettoyez-vous votre maison?
Réponse: ______________________
Question: Ouvrez-vous votre porte?
Réponse: ______________________
Question: Lavez-vous vos vêtements?
Réponse: ______________________
Question: Vous habillez-vous?
Réponse: ______________________
Question: Préparez-vous vos repas?
Réponse: ______________________
Question: Faites-vous les courses?
Réponse: ______________________
Question: Plantez-vous vos fleurs?
Réponse: ______________________
Question: Conduisez-vous votre Rolls Royce?
Réponse: ______________________
Question: (inventez une autre question) ______________________?
Réponse: ______________________

NOM ________________________ DATE ________________

Exercices de laboratoire

Dialogue

A. Complétez la phrase en indiquant un des choix proposés.

1. a. il y a des pigeons dans le carburateur.
   b. elle veut manger de la crème et l'homme ne lui en donne pas.
   c. la voiture ne marche pas.
   d. il n'y a pas de moteur.

2. a. est un bon mécanicien.
   b. n'a pas pris d'essence.
   c. ne sait pas conduire.
   d. est embarrassé.

«A la recherche des muscles perdus»

B. Quels sont trois ordres que Maurice donne à sa classe?

____

____

____

____

____

C. Complétez la phrase en indiquant un des choix proposés.

1. a. est grand, fort et énergique.
   b. voudrait avoir une salle de classe.
   c. sourit un peu.
   d. adore les petits animaux.

2. a. a un soufflé.
   b. abandonne sa famille.
   c. pense qu'elle ne peut plus continuer.
   d. est morte d'asphyxie.

3. a. perd conscience.
   b. frappe Marceline.
   c. fait preuve d'endurance.
   d. court à toute allure.

D. Pourquoi la fin est-elle drôle?

____
____
____
____
____

«Chez le docteur»

Notes: ____
____
____
____
____

E. De toutes les recommandations du médecin, quelles sont celles qui vous paraissent les plus importantes? Indiquez-en deux.

____
____
____
____
____.

F. Complétez les phrases suivantes.

1. Vous souffrez de ____
2. Vous devez porter l'ordonnance à ____
3. Vous vous sentirez très ____
4. Il faut retourner voir le docteur dans____

G. Le médecin propose plusieurs possibilités pour que vous receviez les soins nécessaire pendant cette maladie. Laquelle choisissez-vous? Pourquoi?

____

____

____

____

«Dimanche dans le parc avec le gardien»

H. Dictée.

Le gardien a mis son képi sur la tête et s'est préparé pour sa dure journée de travail.

____________________, ____________________

______________________________________, a-t-il dit

____.

Il est passé près du lac.

Non, madame, ______________________________

______________________________________, a-t-il expliqué

____.

____________________, ____________________

____

__________, ______________________________

__________. ______________________________

______________.

Le gardien a senti de l'eau lui tomber sur la tête. Sans même lever la tête, il a récité:

______________________________, Martin, ______________

__________! ______________________________

____________________.

____

__________, ______________________________

____

I. Que diriez-vous au gardien à la fin de cette anecdote?

____

____

____

____

____

Lecture: «Faire ça»
(page 383 dans *Liaison.*)

NOM ______________________________ DATE ______________

Leçon 10

Exercices écrits

Comment exprimer la possibilité

A. Employez les mots donnés pour essayer d'expliquer les phénomènes suivants. Vous devrez ajouter d'autres mots à ces phrases.

❖ la cause de l'autisme: peut-être / avoir des origines génétiques ou chimiques
Peut-être l'autisme a-t-il des origines génétiques ou chimiques.

1. Le Stonehenge: peut-être / un vestige / religion / astronomique

____

2. Le Monstre du Loch Ness: il est possible / animal / observé par des gens ignorants

____

3. L'origine du SIDA: il se peut/ cette maladie / venir de / pratiques religieuses africaines

____

4. L'origine de l'univers: il est possible / être / résultat / explosion

____

B. Que ferez-vous dans la vie? Indiquez cinq possibilités en employant les termes indiqués.

(il se peut que) ______________________________

____

(pouvoir) ______________________________

____

(il est possible que) ______________________________

____

(la possibilité de) ______________________________

____

(il est impossible que) ______________________________

____

C. Vous avez l'intention d'aller voir des amis ou des parents qui habitent loin de chez vous. Vos projets sont encore incertains. Alors vous écrivez pour leur indiquer les diverses possibilités que vous proposez pour votre visite éventuelle (mode de transport, jour et heure d'arrivée, etc.). Remplacez les blancs par les mots convenables. Attention au temps des verbes.

____

____

____________________,

Tout a l'air de se préciser et j'espère venir vous voir bientôt. Il est même possible que ____________________

____

Peut-être ____________________

____

mais il se peut que ____________________

____

Considérons la possibilité de ____________________

____

Mais nous pouvons ____________________

____

____

____

NOM ______________________ DATE ______________

Comment exprimer la probabilité

D. Que pensez-vous de la vie extraterrestre? Faites des phrases en employant votre choix de termes entre parenthèses.

❖ Une autre planète a des conditions favorables à la vie. (il est improbable que / sans doute)
Une autre planète a sans doute des conditions favorables à la vie.

1. La vie a évolué sur d'autres planètes. (il est probable que / il est peu probable que)

   ____

2. Les autres planètes sont trop loin de la terre pour les trouver. (probablement / il est improbable que) ______________________

   ____

3. Les extraterrestres ne savent pas que nous existons. (devoir / sûrement)

   ____

4. La vie sur une autre planète est très primitive. (devoir / sans doute)

   ____

5. Nous ne pouvons pas contacter les extraterrestres. (il est probable que / sûrement)

   ____

Le futur, le conditionnel, le conditionnel passé

E. Vous allez travailler dans une grande corporation pendant l'été. On vous donne un test pour vous trouver un travail qui vous conviendra. Ecrivez vos réponses.

Que feriez-vous ou comment réagiriez-vous:

1. si on vous demandait de préparer du café? ______________________

   ____

2. si on vous demandait de vous habiller très élégamment chaque jour? ______________________

   ____

3. si vous deviez vous couper les cheveux à cause de votre travail? ______________________

   ____

4. si votre travail était exactement le même toute la journée, tous les jours? ______________________

   ____

5. si le travail était trop difficile? ______________________

   ____

6. si vous vous trouviez seul(e) pendant toute la journée? ______________________

   ____

7. si tous le gens qui travaillaient avec vous gagnaient plus d'argent que vous mais étaient moins compétents que vous? ______________________

   ____

8. si plusieurs personnes à côté de vous fumaient? ______________________________

____

9. si votre patron ne parlait pas bien anglais? ______________________________

____

10. si vous tombiez amoureux/amoureuse de votre patron(ne)? ______________________________

____

F. Imaginez un monde tout à fait différent. Finissez les phrases suivantes en faisant attention au temps des verbes.

❖ S'il n'y avait pas de saisons **je m'ennuierais.**

S'il n'y a plus de guerres ______________________________

____

Si la mer contenait du sucre au lieu de sel ______________________________

____

Si tout le monde était chauve ______________________________

____

Si Hitler n'avait pas existé ______________________________

____

Si on trouve le continent perdu d'Atlantide ______________________________

____

Si on n'avait pas assassiné Martin Luther King ______________________________

____

Si les Anglais n'étaient pas venus dans le Nouveau Monde ______________________________

____

NOM ______________________________ DATE ______________

G. Quelles seraient les conditions nécessaires pour constituer une utopie? Terminez les phrases en variant les verbes.

Tout le monde serait heureux si ______________________________

Les gens vivraient tous en harmonie si ______________________________

On n'aurait besoin de rien si ______________________________

L'utopie viendrait un jour si ______________________________

Adam et Eve n'auraient pas quitté le jardin d'Eden si ______________________________

____

Il n'y aurait rien à craindre si ______________________________

H. La société locale pour l'avancement de l'espéranto (langue internationale inventée en 1887) organise un concours. Comme les prix et le sujet vous intéressent, vous écrirez un essai. Préparez un essai de dix phrases. Le sujet sera: **Si tout le monde parlait la même langue.**

____

____

____

____

____

____

____

____

____

____

____

____

____

____

____

Autres façons d'exprimer l'hypothèse

I. Comment expliquer l'extinction des dinosaures? Voici certaines explications suivies de questions. Répondez-y en employant le terme indiqué.

❖ On croit qu'il y a eu une énorme glaciation qui a changé le climat de la terre et les dinosaures n'ont pas pu se protéger. Qu'est-ce que cela expliquerait à propos des ossements que nous avons trouvés? (à supposer que)
A supposer que ce changement de température ait tué les dinosaures, cela expliquerait comment nous avons trouvé des ossements en si bon état.

1. Une étoile voisine a explosé, ce qui a produit de dangereuses radiations. Comment est-ce que cela aurait affecté le climat sur la terre? (en admettant que)

____

____

____

2. Les dinosaures herbivores ne pouvaient plus trouver les plantes nécessaires à leur alimentation. Comment auraient-ils pu survivre dans ces circonstances? (à condition que)

____

____

____

3. Un grand astéroïde est tombé sur la terre ou dans l'océan. L'impact a projeté dans l'atmosphère des tonnes de poussière ou de cristaux de glace qui ont bloqué la lumière du soleil pendant six à douze mois. Quel effet cela aurait-il eu sur les plantes et éventuellement sur les dinosaures? (en supposant que)

____

____

____

4. Les dinosaures n'ont pas évolué très vite, mais les conditions atmosphériques et physiques de la terre ont changé assez rapidement. Comment est-ce que cela aurait pu contribuer à l'extinction des dinosaures? (à moins que)

____

____

____

5. Ce sont les changements dans leur alimentation ou les changements dans l'environnement climatique qui ont produit des conditions impossibles à leur survie. Quel en a été le résultat? (que . . . ou . . .)

____

____

____

NOM ______________________________ DATE ______________

J. C'est le vernissage de l'Exposition d'Art Moderne. Les personnes suivantes ont toutes une opinion sur un certain tableau. Rédigez un rapport de journal qui mentionne ce que chacun pense. Finissez les phrases. Employez le subjonctif pour exprimer l'existence hypothétique et le conditionnel pour montrer le caractère incertain de certains discours, et l'indicatif là où c'est nécessaire.

Hier soir, au vernissage de l'Exposition d'Art Moderne, un tableau de l'artiste peu connu, Max LeClerc, a suscité une énorme controverse de la part de nombreux notables de notre ville. Le Président du musée a affirmé qu'il cherchait depuis longtemps une œuvre qui ______________________________

____.

Selon lui, ce tableau ______________________________

____.

Mais selon Madame Fayette, directrice de la galerie d'art classique, ______________________________

____.

Notre maire a trouvé que ______________________________

____.

Et moi, critique d'art depuis vingt ans, je peux franchement vous dire que ______________________________

____.

Verbes comme *se douter*, *imaginer*, etc.

K. Une station de télévision fait un sondage des téléspectateurs pour avoir leur point de vue sur différentes questions d'importance nationale. Choisissez cinq questions qui vous intéressent et commentez-les en employant les verbes indiqués.

l'économie

les impôts

l'éducation

la politique étrangère

la santé

les «sans abri»

les personnes du troisième âge

l'agriculture

les ressources naturelles

les média

l'influence de la religion sur la politique

❖ (concevoir) les personnes du troisième âge
Je conçois le rôle des personnes du troisième âge comme très important, vu le prolongement de la vie et leur pouvoir politique et économique croissant.

1. (envisager) ______________________________

____

2. (imaginer) ______________________________

____

3. (supposer) ______________________________

____

4. (se douter) ______________________________

____

5. (soupçonner) ______________________________

____

NOM ______________________ DATE ______________

Exercices de laboratoire

Dialogue

A. Complétez la phrase en indiquant un des choix proposés.

1. a. d'identifier la photo.
   b. de trouver un nom pour la photo.
   c. de critiquer le photographe.

2. a. sont d'accord que c'est un fuselage d'avion.
   b. savent que c'est la Tour Eiffel.
   c. n'arrivent pas à déterminer ce que c'est.

«La côtelette décisive»

B. Quelles seraient vos réactions si vous étiez le garçon?

____

____

____

C. Complétez les phrases suivantes.

1. Le monsieur choisit tout d'abord ______________
2. Il change d'avis parce qu'il voudrait quelque chose de plus ______________
3. A la fin, il décide de prendre ______________
4. Le monsieur n'est pas satisfait de ce restaurant parce qu'il trouve que ______________

   ____

D. A votre avis, le monsieur a-t-il raison de ne pas être satisfait de ce restaurant?

____

____

____

____

«Une solution vite trouvée»

armes: ______________________________

____

Madame Pervenche: ______________________________

____

Le colonel Moutarde: ______________________________

____

Sophie Leblanc: ______________________________

____

Le professeur Violet: ______________________________

____

Mademoiselle Rose: ______________________________

____

Le docteur Olive: ______________________________

____

E. Qui est-ce que Charlotte soupçonne? Pourquoi?

____

____

____

____

____

NOM ____________________ DATE ____________

F. Répondez à chacune des questions suivantes en écrivant une phrase complète.

1. Quelles sont les armes possibles du crime?

2. Pourquoi est-ce que c'est bizarre que Madame Pervenche fasse de l'alpinisme?

3. Qui sont les deux personnes qui se moquent de Charlotte?

G. A votre avis, qui semble coupable? Précisez.

«La mémoire photographique»

H. Dictée.

I. A votre avis, quels autres avantages cette personne aurait-elle si elle avait ce talent?

____

____

____

____

____

Lecture: «Mes vers fuiraient, doux et frêles»

(page 427 dans Liaison)

NOM ______________________ DATE ______________

Pratique

Les pronoms

A. Remplacez les noms en italique par un pronom objet direct ou par un pronom objet indirect.

1. J'ai téléphoné *à mes parents* avant de partir.

   ____

2. Il a vu *Pierre et Marc* dans le train.

   ____

3. Connaissez-vous *ce jeune homme en pantalon noir?*

   ____

4. Ne ressemble-t-il pas énormément *à son père?*

   ____

B. Complétez avec la forme correcte du pronom disjoint.

1. Ma sœur est ma meilleure amie, et je souris quand je pense à ______________.
2. Quand on est chez ______________, on peut faire ce qu'on veut.
3. Il a trois frères, mais il est très différent d'______________.
4. Il a deux petites filles, mais il ne s'occupe jamais d'______________.
5. Vous êtes très gentil de m'inviter à dîner; bien sûr je dînerai avec ______________.
6. Je suis l'aîné, mais il est plus grand que ______________.
7. C'est ______________ qui devons faire la cuisine ce soir.
8. J'ai une cousine, mais à part ______________, je n'ai pas de famille.

C. Remplacez les noms en italique par **en** ou par **de** + pronom disjoint.

1. J'ai besoin *de ma voiture!*

   ____

2. Avez-vous peur *de ce nouveau prof de maths?*

   ____

3. Je déduis *de ces indices* qu'il n'est pas là.

   ____

4. Il parle *de ses sœurs* constamment.

   ____

D. Remplacez les noms en italique par un objet indirect ou par **y**.

1. L'élève répond très vite *à la question.*

2. Ne répondez pas *à cette méchante femme!*

3. J'étudierai *en Algérie* l'année prochaine.

4. Il semblait *à mes parents* que tout n'allait pas bien.

E. Remplacez les noms en italique par un pronom objet indirect ou par **à** + pronom disjoint.

1. Est-ce qu'elle donne un cadeau *à Marc et à moi?*

2. Vos parents pensent-ils souvent *à Marie-Laure?*

3. Je m'intéresse beaucoup *aux citoyens de ce pays.*

4. Est-ce que Janine a déjà téléphoné *aux Lauprête?*

F. Refaites les phrases en remplaçant tous les noms possibles par des pronoms.

❖ Je dois demander à mes parents de m'envoyer plus d'argent.
Je dois leur demander de m'en envoyer plus.

1. Il faut avoir de la patience pour réussir.

2. Vous êtes obligés de ne pas parler de ce problème.

3. Elle nous rappelle notre mère.

4. Elle s'est lavé les cheveux.

5. Nous avons posé des questions pareilles aux enfants.

6. Je téléphonerai à Monique si tu veux.

NOM ______________________ DATE ______________

7. Elle espère s'habituer à la situation.

____

8. Parlez-vous anglais et français couramment?

____

9. Je vais en Californie avec mes copains.

____

10. Je serai dans la salle de classe avec Amélie et Christiane.

____

11. Je vous laisse ma stéréo.

____

12. Tu diras la réponse au premier venu.

____

13. Elle a offert des gâteaux à ses neveux.

____

14. Je n'ai plus de patience pour les gens qui mentent.

____

15. Ils ont vu tant de guerres!

____

G. Répondez affirmativement ou négativement aux questions suivantes. Remplacez tous les noms possibles par des pronoms.

1. Pensez-vous souvent à vos examens?

____

2. Avez-vous trop de devoirs?

____

3. Demandez-vous des conseils à vos parents?

____

4. Donnerez-vous ce cadeau à Mireille quand vous irez à sa fête?

____

5. Laissez-vous votre camarade de chambre emprunter votre voiture?

____

6. Vous souvenez-vous du numéro quand vous téléphonez à vos parents?

____

7. Savez-vous vous couper les cheveux?

____

8. Avez-vous jamais parlé à vos amis de vos ambitions secrètes?

____

H. Donnez l'impératif qui correspond aux phrases suivantes. Remplacez tous les noms possibles par des pronoms. Suivez le modèle.

❖ Vous voulez aller en Chine?
Alors **allez-y!**

1. Vous voulez me rendre cet exercice? Alors ______________________________
2. Vous voulez permettre à Christine de rester chez les Duclos? Alors ______________________________
____
3. Tu veux donner tes bonbons à Madeleine? Alors ______________________________
4. Tu essaies de ne pas oublier ta jeunesse? Alors ______________________________
5. Tu ne veux pas faire la vaisselle? Alors ______________________________
6. Vous voulez aller au musée avec Louise et Margot? Alors ______________________________
7. Tu veux te souvenir de ce moment? Alors ______________________________
8. Vous ne voulez pas me montrer vos nouvelles chaussures? Alors ______________________________
____

NOM ____________________ DATE ____________

Le présent

A. Mettez les verbes entre parenthèses à la forme correcte du présent.

1. Quand il fait beau, est-ce que vous ____________ (chanter) et ____________ (danser) de joie?
2. Marc ____________ (étudier) le français depuis deux ans.
3. Nous ____________ (voyager) tous les étés.
4. Tu ____________ (appeler) le taxi maintenant?
5. Régine ____________ (envoyer) une lettre à son fiancé chaque jour.
6. Les optimistes ____________ (espérer) toujours un bon résultat.
7. Un touriste consciencieux ____________ (essayer) de tout voir.
8. Les vieilles voitures ne ____________ (marcher) pas toujours.
9. Nous ____________ (arranger) bien nos affaires, n'est-ce pas?
10. Comment ____________ (aller)-tu?

B. Mettez les verbes entre parenthèses à la forme correcte du présent.

1. Nous ____________ (finir) généralement vers onze heures.
2. Marcel ____________ (venir) ce soir.
3. Si vous ____________ (choisir) bien vos vêtements, ils dureront longtemps.
4. Cette petite ____________ (ouvrir) tous les tiroirs!
5. Est-ce que tu ____________ (dormir) jusqu'à dix heures le dimanche?
6. Margot ____________ (tenir) son billet de loterie en écoutant les résultats.
7. Quand on ____________ (mentir) on ____________ (trahir) souvent son mensonge par son expression.
8. Je ____________ (frémir) de plaisir quand j'écoute de la musique de Bizet.
9. Sylvain ____________ (courir) tant de risques!
10. Elles ____________ (sentir) que vous avez raison.

C. Mettez les verbes entre parenthèses à la forme correcte du présent.

1. Dans ce magasin, on ____________ (vendre) des objets d'art.
2. Je ____________ (mettre) les fourchettes à gauche.
3. Vous ____________ (attendre) devant la porte.
4. Nous ____________ (prendre) toujours notre temps.
5. Sophie ____________ (rendre) ses parents fiers.
6. L'avion ____________ (descendre) assez vite du ciel.
7. Elles ____________ (connaître) le maire.

8. Ce que vous ________________________ (dire) me semble raisonnable.
9. Vous ________________________ (réduire) la question à une simple notion banale!
10. Qu'est-ce que vous ________________________ (faire) demain soir?
11. Ils ________________________ (boire) trop de jus d'orange.
12. Tu ________________________ (écrire) trop peu à tes amis.
13. Nous ________________________ (être) désolés de voir cette destruction.
14. Ces vitamines ________________________ (produire) des réactions allergiques chez certaines personnes.

D. Mettez les verbes entre parenthèses à la forme correcte du présent.

1. Est-ce que tu ________________________ (avoir) un jardin?
2. Les profs ne ________________________ (vouloir) jamais nous laisser tranquilles!
3. Est-ce que je ________________________ (pouvoir) sortir avec toi samedi?
4. Il ________________________ (valoir mieux) rester ici.
5. Vous ________________________ (savoir) le reste.
6. Le metteur en scène de ce film ________________________ (recevoir) des félicitations.
7. Il ________________________ (falloir) être tolérant.
8. Nous ________________________ (devoir) beaucoup à nos ancêtres.
9. Vous ________________________ (voir) combien vous êtes jolie?
10. Il ________________________ (pleuvoir).

E. Mettez les verbes entre parenthèses à la forme correcte du présent.

1. Vous ________________________ (se moquer) de moi, n'est-ce pas?
2. Est-ce que tu ________________________ (se sentir) bien?
3. Je ________________________ (se souvenir) de mon premier amour.
4. Mon chat ________________________ (s'appeler) Froufrou.
5. Nous ________________________ (se fier à) ce candidat.
6. Tu ________________________ (s'asseoir) près de moi, d'accord?
7. Elles ________________________ (se conduire) mal quand elles sont nerveuses.
8. Nous ________________________ (se corriger) quand nous faisons des fautes.

NOM ______________________________ DATE ________________

F. Répondez aux questions suivantes en écrivant une phrase complète.

1. Comment vous appelez-vous?

____

2. Qui comprend bien le français? (Réponse: ____________ et ____________ ...)

____

3. Allez-vous souvent chez le médecin?

____

4. Est-ce que vous dites bonjour quand vous entrez dans un magasin?

____

5. Connaissez-vous votre facteur?

____

6. Croyez-vous votre professeur?

____

7. Qui rit beaucoup? (Réponse: ____________ et ____________ ...)

____

8. Quels cours suivez-vous à présent?

____

9. Vous trompez-vous quelquefois?

____

10. A quelle heure vous mettez-vous à travailler?

____

11. Que buvez-vous le matin?

____

12. Combien de frères et de sœurs avez-vous?

____

13. Où mettez-vous vos livres quand vous êtes à la maison?

____

14. Qui fait des choses gentilles pour vous? (Réponse: ____________ et ____________ ...)

____

15. Qu'est-ce que vous prenez dans votre café?

____

NOM ____ DATE ____________________

L'imparfait

A. Mettez les verbes entre parenthèses à l'imparfait.

1. Que ______________________ (faire)-tu quand j'ai téléphoné?
2. Pendant notre enfance, nous ______________________ (étudier) tous les jours.
3. Il ______________________ (s'appeler) Charlot.
4. Nous ______________________ (penser) que vous ______________________ (savoir) tout.
5. Est-ce que tu ______________________ (voyager) tous les ans?
6. Vous ______________________ (réussir) toujours quand vous ______________________ (être) en forme.
7. Tous les matins elle ______________________ (se lever) à l'aube et ______________________ (prendre) son petit déjeuner dans le jardin.
8. Ils ______________________ (menacer) toujours ces pauvres enfants de punitions.
9. Je ne ______________________ (pouvoir) ni manger ni dormir quand je ______________________ (être) amoureux.
10. Elle ______________________ (voir) la vérité mais ______________________ (refuser) de l'accepter.
11. Des nuages ______________________ (couvrir) le ciel.
12. Vous ______________________ (dire) toujours qu'il ne ______________________ (falloir) pas perdre l'espoir.
13. Je ______________________ (croire) que vous m' ______________________ (aimer).
14. Elles ______________________ (devoir) arriver à la gare avant midi.
15. Le bateau ______________________ (disparaître) lentement à l'horizon.
16. Elles ______________________ (nager) chaque soir avant de manger.

B. Mettez les phrases suivantes à l'imparfait.

1. Je vous comprends et je vous approuve.

   ____

2. Ils espèrent vous rencontrer.

   ____

3. Comme elle reluit!

   ____

4. Tu ne mets pas de manteau à Tahiti.

   ____

5. Ceux qui ont peur de nager sont malheureux sur l'île.

   ____

6. On ne se rend pas compte que les soldats avancent.

7. Je me réjouis du beau temps.

8. Nous envoyons une lettre au gouverneur tous les lundis.

9. Je ne veux pas partir.

10. Il perd patience chaque fois que les journalistes lui posent une question bête.

C. Répondez aux questions suivantes en employant les verbes entre parenthèses dans la réponse.

❖ Que faisiez-vous quand il faisait chaud? (aller se baigner)
J'allais me baigner.

1. Que faisions-nous quand nous étions jeunes? (jouer)

2. Que faisaient les gladiateurs? (lutter contre les lions)

3. Que faisait-on avant l'invention de la voiture? (se servir de chevaux)

4. Que faisiez-vous avant de venir à l'université? (être au lycée)

5. Quel temps faisait-il pendant le déluge? (pleuvoir)

6. Que pensaient les Américains de Franklin Roosevelt? (l'adorer)

NOM ______________________ DATE ______________

Le futur

A. Mettez les verbes suivants à la forme correcte du futur.

1. Je te ______________ (dire) tout, après.
2. Elle ______________ (commencer) ses études universitaires en septembre.
3. Nous ______________ (connaître) mieux nos nouveaux voisins après un certain temps.
4. Tu ne ______________ (souffrir) pas, je t'assure.
5. Je ______________ (préparer) ma spécialité.
6. Qui ______________ (savoir) encore faire ce travail dans 20 ans?
7. Les enfants ______________ (devenir) plus sérieux quand ils ______________ (grandir).
8. Nous ______________ (payer) nos impôts avant le 15 avril.
9. Tu ______________ (appeler) ta mère ce soir, n'est-ce pas?
10. Vous ______________ (pouvoir) venir chez moi mardi soir.
11. Vous n' ______________ (avoir) aucune difficulté à faire cet exercice.
12. Pierre ______________ (se lever) avant moi demain.
13. Il ______________ (falloir) y rester toute la journée.
14. Tu ______________ (voir) la différence, je t'assure!
15. Elles ______________ (préférer) celui-là, j'en suis sûre.
16. Tout le monde ______________ (mourir) un jour.

B. Transformez les phrases suivantes au futur. Suivez le modèle.

❖ Je vais étudier à la bibliothèque la semaine prochaine.
J'étudierai à la bibliothèque la semaine prochaine.

1. Je vais être en classe à onze heures.

____

2. Dans la prochaine histoire, il va s'agir d'une jolie princesse.

____

3. Nous allons faire nos devoirs après avoir mangé.

____

4. Elles vont aller chez Jules.

____

5. Nous allons rentrer à la maison.

____

6. Vous allez vous acheter un nouveau cahier.

____

7. Je vais appeler ma mère.

____

8. Tu vas payer tes frais d'inscription.

____

9. Thomas va vouloir une augmentation de salaire.

____

10. André et Robert vont surmonter ce problème.

____

C. Répondez aux questions suivantes en employant le futur. Suivez le modèle.

❖ Avez-vous déjà terminé votre projet?
Non, mais je **terminerai bientôt mon projet.** OU
Non, mais je **le terminerai bientôt.**

1. Est-il déjà parti pour l'Europe?
Non, mais il _______________
2. Est-ce que j'ai déjà fait la connaissance de tes parents?
Non, mais tu _______________
3. La chenille est-elle déjà devenue papillon?
Non, mais elle _______________
4. Ont-ils déjà écrit leur essai?
Non, mais ils _______________
5. Avez-vous déjà lu «Plume au restaurant»?
Non, mais nous _______________
6. Avez-vous déjà été au Musée d'Orsay?
Non, mais je _______________
7. Avons-nous déjà eu les résultats de l'examen final?
Non, mais vous _______________
8. Est-ce qu'il a déjà pu voir ses amis?
Non, mais il _______________
9. Est-ce qu'elle a déjà couru aux jeux Olympiques?
Non, mais elle _______________
10. Avez-vous déjà reçu votre diplôme universitaire?
Non, mais je _______________

NOM ______________________ DATE ______________

Le passé composé

A. Indiquez le participe passé des verbes suivants.

naître	______	réparer	______
craindre	______	rendre	______
avoir	______	prendre	______
être	______	comprendre	______
aller	______	courir	______
devoir	______	ouvrir	______
vouloir	______	mourir	______
vivre	______	sentir	______
rire	______	attendre	______
écrire	______	vernir	______
boire	______	envoyer	______
dire	______	voir	______
lire	______	mettre	______
savoir	______	venir	______
conduire	______	pouvoir	______

B. Mettez un rond autour des verbes de l'exercice **A** qui prennent l'auxiliaire **être.**

C. Refaites les phrases en remplaçant les mots en italique par les mots entre parenthèses. Faites tous les autres changements nécessaires, en notant particulièrement l'accord du participe passé.

❖ Joseph est sorti précipitamment. (Joséphine et ses sœurs)
Joséphine et ses sœurs sont sorties précipitamment.

1. *Théodore* est arrivé au café et s'est assis. (Marc et Paul)

____

2. *Roger* est né à Londres. (Elisabeth)

____

3. *J'*ai marché avec difficulté. (Nanette)

____

4. J'ai rencontré le *garçon* que tu as mentionné. (jeune fille)

____

5. *Tu* t'es gratté la tête. (Agnès)

____

6. Je connais *Bernard* et je l'ai vu hier soir. (Catherine)

____

7. Quel *gâteau* as-tu acheté? (pâtisseries)

____

8. Il n'a pas fait attention au *conseil* que je lui ai donné. (suggestion)

____

9. Je me suis assis et puis *je* me suis demandé pourquoi *j*'étais là. (Monique)

____

10. Nous avons vu un *appartement*, nous en avons discuté, et puis nous l'avons acheté. (maison)

____

D. Répondez en employant le passé composé selon le modèle.

❖ Allez-vous aller en Irlande prochainement?
Non, je suis déjà allé(e) en Irlande. OU
Non, j'y suis déjà allé(e).

1. Voulez-vous prendre du café?

____

2. Allez-vous écrire votre essai?

____

3. Voulez-vous lire le journal?

____

4. Avez-vous besoin de vous laver?

____

5. Devez-vous faire votre lit?

____

6. Voulez-vous voir le dernier film de Meryl Streep?

____

7. Allez-vous ouvrir votre cahier?

____

8. Allez-vous recevoir une carte de crédit?

____

NOM ______________________ DATE ______________

Le conditionnel

A. Refaites les phrases suivantes au conditionnel en commençant chacune par **Il a dit.**

❖ Il sera ravi de nous recevoir.
Il a dit **qu'il serait ravi de nous recevoir.**

1. Vous serez toujours le bienvenu chez lui.
   Il a dit ______________________
2. Nous serons toujours amis.
   Il a dit ______________________
3. On trouvera bientôt une solution.
   Il a dit ______________________
4. Personne ne se rendra compte de la différence.
   Il a dit ______________________
5. Ses compatriotes ne comprendront jamais.
   Il a dit ______________________
6. Vous saurez tout.
   Il a dit ______________________
7. Il s'en occupera.
   Il a dit ______________________
8. Les tulipes fleuriront bientôt.
   Il a dit ______________________
9. Ils cesseront de voyager en juin.
   Il a dit ______________________
10. Je prendrai des notes.
    Il a dit ______________________

B. Mettez les phrases suivantes au conditionnel en commençant chacune par **Si c'était nécessaire.**

❖ Je te suis.
Si c'était nécessaire, **je te suivrais.**

1. Nous habitons dans une tente.
   Si c'était nécessaire, ______________________________
2. Tu es mon partenaire.
   Si c'était nécessaire, ______________________________
3. Je te donne des explications.
   Si c'était nécessaire, ______________________________
4. Il y a le mode d'emploi sur le paquet.
   Si c'était nécessaire, ______________________________
5. Elles vont au travail tout de suite.
   Si c'était nécessaire, ______________________________
6. Vous faites un stage en Suisse.
   Si c'était nécessaire, ______________________________
7. Je cours plus vite que ça.
   Si c'était nécessaire, ______________________________
8. On met Thomas à la porte.
   Si c'était nécessaire, ______________________________
9. Nous accueillons tes collègues.
   Si c'était nécessaire, ______________________________
10. Tu peux charmer tout le monde.
    Si c'était nécessaire, ______________________________

NOM ______________________________ DATE ____________________

Le subjonctif

A. Remplacez les tirets par la forme correcte du subjonctif du verbe entre parenthèses.

1. On ne croit pas que je ____________________ (savoir) piloter un avion.
2. Il ne faut pas que tu ____________________ (s'endormir) pendant le concert.
3. Il est absolument nécessaire qu'elles ____________________ (venir) chez moi!
4. Bien que vous ____________________ (avoir) raison, vous perdrez.
5. Qui propose que nous ____________________ (boire) ce vin?
6. Je n'aime pas trop qu'on me ____________________ (surprendre).
7. Je m'étonnerais que Michel ____________________ (faire) cette sorte de travail.
8. Nous attendrons jusqu'à ce qu'on ____________________ (vouloir) bien nous recevoir.
9. Etes-vous surpris que nous ____________________ (attendre) si patiemment?
10. On propose que ce conférencier ____________________ (dire) d'abord de quoi il s'agira dans son discours.
11. Mon docteur regrette que je ____________________ (être) si malade.
12. Nous organiserons la fête sans qu'ils ____________________ (avoir) à faire quoi que ce soit.
13. Ils seront si contents que tu ____________________ (se souvenir) d'eux!
14. On conseille que les jeunes n' ____________________ (écouter) pas la radio en étudiant.
15. Tes parents font tout pour que tu ____________________ (pouvoir) aller à l'université.
16. Je veux relire ces papiers avant que vous ne les ____________________ (jeter).
17. Il faut que vous ____________________ (s'apercevoir) de vos erreurs.
18. Martine est contente que son enfant ____________________ (lire) le journal.
19. Je voudrais que mes parents ____________________ (aller) plus souvent voir leur docteur.
20. Arielle ne veut pas que je ____________________ (partir) maintenant.

B. Combinez les deux phrases en employant le subjonctif ou l'infinitif selon le cas.

❖ Bertrand n'aurait pas peur ... il avancerait une théorie audacieuse.
Bertrand n'aurait pas peur d'avancer une théorie audacieuse.

Je voulais ... elle dirait oui.
Je voulais qu'elle dise oui.

1. Il faut ... nous sommes d'accord.

   ____

2. Tu as recommandé ... je mets l'accent sur les résultats.

   ____

3. Nous sommes tristes ... nous recevons de si mauvaises nouvelles.

   ____

4. Je crains ... ils tomberont.

____

5. Vous ne vous étonnez pas ... vous êtes en retard.

____

6. Il est triste ... il voit tant de malheur.

____

7. Nous acceptons ... elle remet son dossier à d'autres firmes.

____

8. Pourquoi t'étonnes-tu ... nous nous tutoyons maintenant?

____

9. C'était dommage ... personne ne savait où étaient les clés.

____

10. Elle refusent ... elles saluent ce drapeau.

____

C. Refaites les phrases suivantes en remplaçant les mots en italique par les mots entre parenthèses. Faites tous les autres changements nécessaires.

❖ J'ai fait cette liste pour que vous n'oubliiez rien. (je)
J'ai fait cette liste pour ne rien oublier.

Vous leur raconterez tout avant que je ne parte. (ils)
Vous leur raconterez tout avant qu'ils ne partent.

1. Elle est partie sans que *je* dise au revoir. (elle)

____

2. Nous cueillirons ces pommes à condition que *vos parents* soient prêts. (vous)

____

3. Nous sommes restés jusqu'à ce que *les discours* finissent. (la soirée)

____

4. J'ai fait le marché avant que *nous* puissions dîner. (je)

____

5. Tu seras là pour que *je* te montre comment le faire. (nous)

____

NOM ________________________________ DATE ________________

Les temps composés

A. Remplacez les tirets par le temps qui convient.

Passé composé

1. Vous ________________________ (finir) votre explication, n'est-ce pas?
2. Nous ________________________ (passer) les vacances au bord de la mer.
3. Est-ce que tu ________________________ (comprendre)?
4. Tu ________________________ (se réveiller) de bonne heure.

Plus-que-parfait

1. Il ________________________ (tomber) de cheval.
2. On ________________________ (prendre) le petit déjeuner avant le début de la conférence.
3. Je ________________________ (se préparer) à cette éventualité!
4. Elles ________________________ (atteindre) le sommet quand on leur a dit de redescendre.

Futur antérieur

1. Il ________________________ (arriver) à midi.
2. Nous ________________________ (attraper) assez de poissons avant le dîner.
3. Il changera d'avis quand il ________________________ (entendre) mon explication.
4. Quand les lumières ________________________ (s'éteindre), le film commencera.

Conditionnel passé

1. Jean ________________________ (prendre) la responsabilité si on le lui avait demandé.
2. Vous ________________________ (partir) si vous aviez vu ça.
3. On ________________________ (accepter) cela s'il avait fallu.
4. Qui ________________________ (ne pas se fâcher) dans de pareilles circonstances?

Passé du subjonctif

1. Je ne crois pas que tu ________________________ (comprendre).
2. Il fallait que nous ________________________ (revenir) avant le dîner.
3. Nous regrettons que vous ________________________ (se tromper) d'adresse hier.
4. Je doute qu'il nous ________________________ (envoyer) une invitation.

B. Refaites les phrases suivantes en changeant chaque verbe en italique au temps composé correspondant. Faites attention à l'accord du participe passé.

❖ Elle *entre* dans la banque.
Elle *est entrée* dans la banque.

C'est une situation que nous *considérerions*.
C'est une situation que nous *aurions considérée*.

1. C'est Marie que je *choisirais*.

____

2. Je ne crois pas que les armées *se rencontrent*.

____

3. Elle *se distinguera* des autres.

____

4. Quelles machines *emploie*-t-on?

____

5. Je ne crois pas que tu *fasses* des fautes!

____

6. Suzanne *se préparera* à l'avance.

____

7. Robert et Paul t'*aimeraient*, ma petite!

____

8. Nous nous *disputerions* en votre absence.

____

9. Mes lunettes? Où est-ce que je les *mets?*

____

10. Lesquels de ces endroits *préféreriez*-vous?

____

L'ordre des mots

A. Refaites les phrases suivantes en employant l'inversion.

❖ Est-ce que tu nous l'as précisé?
Nous l'as-tu précisé?

1. Est-ce que Paul ne me reconnaît plus?

   ____

2. Est-ce que vous nous en avez parlé?

   ____

3. Est-ce que nous en aurions assez?

   ____

4. Est-ce que les oranges sont tombées de l'arbre?

   ____

5. Est-ce que tu t'es assis là?

   ____

6. Est-ce que le frigo a déjà cessé de marcher?

   ____

7. Est-ce que tu me le rendras?

   ____

8. Est-ce que vous ne vous sentez pas gênés?

   ____

9. Est-ce que j'y suis déjà allée?

   ____

10. Est-ce que Lionel vous l'explique bien?

    ____

B. Faites une nouvelle phrase en ajoutant l'élément entre parenthèses à la phrase précédente. Faites tous les changements nécessaires.

❖ Réponds-tu?
(correctement) **Réponds-tu correctement?**
(vouloir) **Veux-tu répondre correctement?**
(ne ... pas) **Ne veux-tu pas répondre correctement?**
(me) **Ne veux-tu pas me répondre correctement?**
(est-ce que) **Est-ce que tu ne veux pas me répondre correctement?**

1. Jean parle.
   (nous) ____________________
   (en) ____________________
   (avoir l'intention de) ____________________
   (ne ... pas encore) ____________________
   (sincèrement) ____________________
2. Nous souvenons-nous?
   (devoir) ____________________
   (en) ____________________
   (ne ... plus) ____________________
   (est-ce que) ____________________
3. Réponds!
   (moi) ____________________
   (ne ... pas) ____________________
   (ainsi) ____________________
   (hésiter à) ____________________
4. Donnez!
   (le) ____________________
   (lui) ____________________
   (ne ... pas) ____________________
   (refuser de) ____________________
5. Albert a offert.
   (les) ____________________
   (nous) ____________________
   (ne ... jamais) ____________________
   (avoir peur de) ____________________
6. Dites.
   (la) ____________________
   (moi) ____________________
   (ne ... pas encore) ____________________

7. Ecrivez.
   (leur) ______________________
   (en) ______________________
   (beaucoup) ______________________
   (ne ... pas) ______________________
8. Va.
   (y) ______________________
   (ne ... pas) ______________________
   (penser à) ______________________
9. J'ai vendu ma voiture.
   (leur) ______________________
   (ne ... pas) ______________________
   (décider de) ______________________
10. On a discuté.
   (en) ______________________
   (ne ... nulle part) ______________________
   (vraiment) ______________________

Answer Key for *dictée* in the Preliminary Lab Lesson

À Paris, le 19 septembre

Chère Monique,

Je t'écris pour te dire que j'ai enfin vu ta charmante cousine Martine. Quand je lui ai téléphoné, elle ne semblait pas sûre de vouloir vraiment me voir, mais quand j'ai expliqué que je te connaissais depuis notre enfance, elle m'a dit de la rencontrer dans un petit café près d'ici. Nous avons passé toute la journée ensemble et elle m'a montré la rive gauche. Elle te ressemble un peu. Je la trouve gentille et très intelligente, mais je préfère ton sens de l'humour. Je rentre samedi.

Amitiés,

Paul